ゼロ能力者の英雄伝説

最強スキルはセーブ＆ロード

東国不動
イラスト◆こちも

TOブックス

Contents

イラスト／こちも
デザイン／木村デザイン・ラボ

①　ゼロ能力者の烙印

「汝《なんじ》が【セーブ】と【ロード】のスキルを女神から授かったことを神殿は証明する」

俺を見る周囲のものの目に映る、哀れみ、侮蔑《ぶべつ》、嘲笑《ちょうしょう》。

これが女神に祝福されざるもの『ゼロ能力者』を見る目ということか。

当然だ。【セーブ】と【ロード】など、イヴァの世界の人には何に使うのかまったく分からないスキルだろう。

しかし、俺は日本のゲームを知っていた。

間違いない。セーブとロードのスキルなら必ず最強になれる！　いや、絶対になるんだ！

◇◆◇◆◇

——時は神殿で二つのスキルを得る二週間前に戻る。

俺は深い森のなかでグレイボアと呼ばれる猪型のモンスターを追っていた。

森の木々が密集し、モンスターが真っ直ぐに走ることしかできない一本道になっているとこで叫んだ。

「スネイル、イアン、行ったぞ！」

俺の叫びで村の二人の少年が一本道を塞ぐように左右から現れた。

グレイボアは少年達を突破しようとするが、イアンの盾に跳ね飛ばされる。

「イアンは【盾防御】使って長いもんな。そろそろ【盾防御・上】になるんじゃないのか？」

俺はそう言いながら、イアンの盾に弾き返されたグレイボアの胸に鉄の剣を突き刺した。

走りながら真っ直ぐ放った一撃は心臓にまで達したらしい。

グレイボアは即座に倒れた。

「おお！　やるなあ！　ジンこそ、さすが【剣戦闘・上】だよ」

剣の技能《スキル》レベルを褒《ほ》められると鼻が高かった。【剣戦闘・上】の俺ことジンは村一番の剣士だ。

俺はイヴァの世界に生まれて、子供の頃から剣ばかりふるっていた。

この世界には技能《スキル》レベルというものが存在する。

例えば、俺が得意とする【剣戦闘】は【剣戦闘】→【剣戦闘・上】→【剣戦闘・極】→

【剣戦闘・神】のように強くなる。

これに加えてスキルとしてなにも注目されることのない【剣戦闘・非表示】もあるから五段階ある。

実際にはクラスの中でも実力や技に差があるからさらに細かく分別することもある。

【剣戦闘・非表示】

1：剣を使うと怪我をして逆にダメージを受けるレベル。

2：使い方がわからないレベル。

3：はじめて剣を手に取ったレベル。

4：剣の構え方を知ったレベル

5：剣の振り方を知ったレベル。

【剣戦闘】

1：熟練者から基本を教わったレベル。

2：数ヶ月は訓練したレベル。

3：実戦でも使えるようになる。

4：激しい訓練を一年間したレベル。
5：命がかかった実戦を何度も経験する。←イアンの【盾防御】レベル
【剣戦闘・上】
1：数年以上の訓練。←ジンの【剣戦闘】レベル
2：一人前と言われる。
3：多くの人から剣の腕を褒められる。
4：剣のプロとして生きる人も現れはじめる。
5：剣の手練《てだ》れとして認識されたり、噂《うわさ》されはじめる。
【剣戦闘・極】
1：山のように魔物や人を斬らないと到達しないと言われる。冒険者ギルドや傭兵ギルドで剣士として確実に噂される。
2：多くのものが剣の奥義を開眼する。
3：自分の流派を開くものが現れだすレベル。
4：非常に才能に優れている剣士が老齢になって運良く達することができるかどうかというレベル。
5：基本的に人類の限界

【剣戦闘・神】

1：全ての種族を入れても世界に二、三人しかいないと言われるレベル。

2：伝説級の剣士。歴史にも名が残っている。バランスブレイカー。

3：歴史上、勇者ローレアだけが到達した。

4：到達したものは誰もいない。

5：本当の神のレベルと言われる。

「毎日、五年間も剣を振れば、誰だって『上』にはなるよ」

「それが大変なんじゃねえか。でもスキルの神殿もあるからお前より早く上にいっちゃうかもしれないぜ。へへへ」

村の友達であるスネイルとイアンに剣の訓練をしろと言ったが、スネイルは聞く気はないようだった。

そりゃ努力しなくても、もうすぐ剣スキルが手に入るかもしれないけどさ。

この世界では努力してスキルを手に入れる他に、一生に一度女神からスキルを授かることもできるのだ。

三人でグレイボアを村の解体屋に運び帰ると、ほとんど夕食の時間になっていた。

「久々に大物だったな。毛皮と肉で三百ダラルになるなんて」

スネイルは嬉しそうに言った。もちろん俺もホクホクだ。

三百ダラルを百ダラルずつ分け合う。百ダラルはちょうど銀貨一枚だ。

二人と別れて銀貨を指で宙《ちゅう》に弾きながら帰路に着いた。

「ただいま～」

「おかえりなさい」

村外れの小さなあばら家で俺を出迎えてくれたのはエリスだ。

彼女と俺は血が繋がっていないけど、親代わりでもあり姉のようでもある。

「今日は百ダラル稼げたんだ」

「ホント～？　家計が助かるわ」

「え～エリス姉さん。もっとお金を貯めて新しい剣が欲しいんだよ」

普段はエリスと呼んでいるけど、なにかお願いしたい時は姉さんをつけることにしている。

でもあまり効果はないだろう。両親がいないウチの家計が大変なことは事実だ。

「ジン！　女神様のいうことが聞けないの？」

この世界の『人の神』は女神エリスという。目の前の女性と同じ名前だ。

死んだ両親が養子として迎え入れたエリスは自分のことを女神だとよく主張している。

たわいのない冗談だ。この世界ではエリスはよくある名前だしね。

けれどもエリスは本当に女神なのかもしれないと思うことがあった。

六歳の俺と出会った頃、森に倒れていたエリスは十四歳だった。

だから俺が十八歳になった今、彼女はもう二十六歳のはずだ。だけどあの頃からちっとも年をとっているように見えない。

実は長命種のエルフだったりして。でも別に耳は尖っていない。

「はいはい」

俺は素直に百ダラル銀貨を渡す。

エリスの頬を膨らました顔に弱いのだ。

「よし！」

今度は笑顔になった。俺は笑顔にも弱い。

村の友達はエリスの美しさはまさに女神だという。

そこまでかなあとは思うが。

「明日はいよいよジンも王都の女神の神殿に向かうのね」

「あぁ。良いスキルが貰えるといいんだけど」

このイヴァの世界では十八歳で成人を迎える。数え年で成人を迎えた人間は神殿で祈ることで女神エリスからスキルを貰えるのだ。

女神エリスは人族にスキルを与えるので人の神と言われている。

どんなスキルを授かるかはわからない。

例えば、俺のように既に自分で鍛えて得た【剣戦闘】を授かる場合もある。

その場合技能レベルが一気に上昇する。無数のスキルがあるので天文学的に低い確率だけど、【剣戦闘・上】が一気に【剣戦闘・極】までいった例すらある。

「【剣戦闘】だといいな」

「案外、生活系かもよ」

「それはないでしょ。ないと思いたい」

今、人族は魔族との戦争のさなかだ。

だからなのか、女神エリスは人々に戦闘系スキルを授けることが多くなっているらしい。

女神は人の願いをかなえる。

「でもゼロ能力者だっているよね？」

「う……」

女神はたまに運命のいたずらをする。

何に使うのかまったく不明なスキルを授かる人もいた。

そういった人は女神に祝福されざるもの『ゼロ能力者』と呼ばれることがある。

神殿は女神に授かったスキルを証明するプレートも発行している。

ゆえにゼロ能力者になったものはそれまでの努力も否定され、差別を受ける傾向にあるのだ。

少なくともスキルの証明プレートを要求される公的機関は入れない。

つまり俺が入団を希望している騎士団には入れないのだ。

「なるわけないだろ。モンスター狩りをしている奴は大体戦闘系スキルをもらえているしさ」

「そっか。そうだよね。余計なことを言ってごめんね」

エリスがしょんぼりする。

言い過ぎた。俺が騎士団に入る目的はエリスを守るためでもある。

昔、村が魔族に襲われた時、エリスは自分の身を投げ出して俺の命を救ってくれたのだ。

「い、いや。いいんだよ。俺はきっと騎士団に入ってエリス姉さんを楽させるよ」

「期待して待ってるね」

「それでエリスを……」

「うん？」

「いやなんでもないよ。明日は早いからもう寝ないとね」

「そうね」

◇◆◇◆◇

両親が死んで、この村を離れた俺が戻ってきてエリスと二人で暮らすようになってからは、いつも同じベッドで寝ている。

魔物に壊されて建て直した家が狭いので、エリスがベッドを大きくして二人で寝たほうがスペースを有効活用できると主張したからだ。

エリスとは明日からしばらく会えない。騎士団に入団できるようなスキルを得ることができれば、もっと長いこと会えなくなるだろう。

月明かりでスヤスヤと眠るエリスの顔を見る。

長い睫毛《まつげ》と僅《わず》かに開いて濡れている口唇が艶《なま》めかしい。

「エリス……もう俺も大人なんだぞ」

小声で話しかける。

「そうなんだ」

エリスの大きな瞳がパチッとひらく。

「お、起きてたの？」

「ジンが明日から旅立っちゃうんだもん……寝られないよ……」

「すぐに帰ってくるさ」

「あれ？　すぐに帰ってくるってことはジンは騎士団に入らないの？」

「は、入るさ……」

と、いいつつ寝る前にゼロ能力者の話題をしたことが不安になる。

「けど騎士団に入れるほどのスキルを獲得するなんて滅多にないんだよな……それと比べたら役に立たないスキルになることのほうが多いらしいし」

期待と同じぐらい不安も大きい。もし……ゼロ能力者と蔑《さげす》まされるようなダメなスキルだったら。

考えないようにしていたことが俺の頭を支配しはじめると、顔にふわっとしたものが触れる。

「エ、エリス⁉」

視界は押しつぶされたが、香りでエリスの胸とわかった。

こんなに大きかったのか。触れてみると見ため以上にボリューム感がある。

「大丈夫、大丈夫だよ……」

「お、俺は子供じゃないって言ってるじゃないか！」

「ジンは絶対に良いスキルが貰えるから……女神の私が言ってるんだよ……」

「女神って。名前が同じだけじゃないか」

「えへへ」

俺は不満を言いながらも暖かいものに包まれた安心感で微睡《まどろ》んでいく。

騎士団に入りたいのは生活を楽にするためだけじゃない。

強く、どこまでも強くなって、人族を滅ぼそうとする魔族からエリスやこの村の人たちを今度こそ守るんだ。

◇◆◇◆◇

翌日、早朝。

乗合馬車に乗って王都に向かう。このフランシス王国では若者にスキルをもたらすのは国益になるので十八歳になったものを神殿に呼んでスキルを与えていた。

だが、案内をしてくれるだけで旅費は自前だ。だから馬車の案内役の役人は途中の村の宿に止まるが、俺は野宿をしようと考えていた。

そう思っていた矢先、旅立つ前にエリスから布袋が渡される。

「はい、これ旅費。余ったら王都で剣を買ってもいいからね。ふふふ」

エリスはこの日のためにヘソクリを貯めていてくれたのだ。

昨日、家計用に没収されたと思っていた百ダラル銀貨もあった。

両親もいない中、畑仕事の手伝いだけでこれだけ貯めるのは本当に苦労しただろう。

不覚にも涙が出そうになる。

「ありがとう……」

「いってらっしゃい。気をつけてね」

「うん。いってきます」

同行者は村で同い年のスネイルとイアンだ。

期待と不安を胸に片道一週間はかかる馬車の旅に揺られていた。

俺はお昼時にエリスが作ってくれた弁当を取り出した。

「エリスのお弁当。二人にもって」

「お、マジかよ」

「ありがとう」

痩《や》せ形のスネイルもちょっと太っているイアンも気持ちは同じだった。

強いスキルを貰って、騎士団に入り、村人やエリスを守る。

三人共言わずともそういう気持ちだった。

◇◆◇◆◇

一週間後、ついに馬車は王都に着いた。

大通りに人がごった返している。

スネイルとイアンはこれほど人がいる場所を見るのは初めてだろう。

「珍しい気持ちはわかるが、まずはスキルを貰おうな。観光はその後だ」

馬車を御《ぎょ》してくれた案内役の役人が笑いながら俺達を神殿に連れて行った。

俺達を待ち受けていたのは白亜の大神殿だった。

神代《かみよ》に作られたという自然岩で出来た女神像前には、若者たちの長蛇の列が出来ていた。

スキルを授かる神聖な場所だ。

案内役の役人は待っていてくれるそうだ。

「さあ、三人でここに並んでスキルを貰ってきなさい。私は神殿の外で待っているから」

並んだ順番はスネイル、イアン、そして俺だった。

「やっぱ、石像のエリス様、ジンの姉ちゃんにちょっと似てるな」

「そうかあ～？」

「似てる似てる」

そんな会話をしているうちに、やっとスネイルの順番が来る。

スネイルが女神像の前で祈りを捧げると、女神像から光が降り注ぐ。

傍らにいた神官が話しかけた。

「うむ。終わりじゃ。今からワシが【人物鑑定・極】をお前に使うから抵抗しないように」

女神の神殿にいる神官は若者がどのようなスキルを得たのか教えるのが仕事だ。

ゆえに【人物鑑定】を持っている。「抵抗しないように」と言っているのは、【人物鑑定】スキルを防いでしまうスキルもあるからだ。

もっとも【人物鑑定・極】のステータスチェックを防ぐスキルは非常にレアだが。

「お前が得た新しいスキルは……おお！　【全鑑定・上】じゃぞ！　よかったな！」

神官は通常スキルの説明をしてくれる。

だが【全鑑定】は説明の必要が無いほどの有名スキルだった。早い話、人物だろうが、アイテムだろうが、モンスターだろうがなんでも鑑定できる能力だ。

しかも『上』だ。

神官はプレートに書きながら神殿に就職しないかとスネイルを勧誘していた。

「やったな！」

「おめでとう！」

「ありがとう……直接戦闘スキルじゃなかったけど、戦闘のサポートもできるし、商人や神官にも引っ張りダコだよ」

三人で話し続けると、神官が笑いながら喜ぶのは後にして交代しろと促す。

イアンが勢い良く女神像の前にひざまずいて祈りを捧げる。

「うむ。終わりじゃ。今から鑑定するからお前も抵抗しないようにな……ん？　おお。なんと……お前のスキルは超レアの【盾防御・極】じゃ」

「え？」

俺達三人は無言になった。

逆に後ろに並んでいる若者からはどよめきが聞こえてきた。

それはそうだ。【盾防御・極】は防御スキルだけれども戦闘系の【極】なのだ。王都騎士団に無条件で入れる。

入団して見習い期間が終われば、晴れて騎士爵位を得ることができる。つまり、ほとんど無条件で貴族にもなれる。

イアンは大きな身体に似合わず泣き出してしまった。

「これこれ。仕方ないな」

神官もイアンの気持ちを考慮してわずかばかりの時間をくれた。

俺達は少しの間、手を取り合って喜んだ。

「そろそろ君の番じゃ」

「はい！」

ついに俺の番だ。勇んで女神の前にひざまずいた。二人は本当にレアで有用なスキルを授かった。

俺もきっと素晴らしいスキルが手に入るはずだ。

それを願って強く祈る。

ただ俺は女神エリスではなく義姉《ぎし》のエリスを心に思ってしまった。

「よし……いいぞ」

神官が教えてくれた。俺にはなんらかのスキルが備わったのだ。

後ろで並ぶ若者が次もきっと凄いスキルだとつぶやいているのが聞こえた。

「お前が新たに得たスキルは……二つじゃ……」

やった！　やったぞ！　スキルは複数得られることもあるのだ。

だが二つ得られる例は千人に一人ほどと言われている。

会場のどよめきはさらに大きくなった。

「そ、それで二つのスキルは？」

「あぁ。あまり落胆せずに聞くとよい」

「え？」

「【セーブ】というスキルと【ロード】というスキルだ」

【セーブ】と【ロード】？

え？　【セーブ】と【ロード】って、まさか……。

神官が哀れんだように俺に言った。

「私のスキルは人物がどのようなスキルを持っているかしかわからん。ただ、私ですら知らないスキルだ。先ほどの友人の【全鑑定・上】ならスキル自体を鑑定できるから……効果を聞いてみると良い。あまり期待はできないがな……」

スネイルが平静を装ったように言った。

「えっと……【セーブ】っていうのは『それまでを保存する』ってスキルみたいだ。【ロード】っていうのは『保存した時点に戻れる』ってスキルらしい……わけがわからねえな

「……」

誰かが吐き捨てた。

「二つもスキルを得たのに……ゼロ能力者かよ……ケッ」

その言葉に普段は大人しいイアンが怒った。

「お、おい！　もう一度言ってみろっ！！！」

「アンタのツレだとは思わなかったんだ」

「謝れ！」

スネイルも乱入して謝罪を要求した。

俺は慌てて止める。

「いいっ！　いいんだ！」

「だってよ……」

「ごめん」

スネイルの言い訳とイアンの謝罪を聞く。

神官が俺の肩にポンと手を乗せてからプレートを手渡してきた。

プレートにはこう書かれていた。

――汝が【セーブ】と【ロード】のスキルを女神から授かったことを神殿は証明する。

② セーブ＆ロードの力

俺達を王都まで案内してくれた役人さんは神殿の前で待ってくれていた。

「おお！　まさか君が【全鑑定・上】だったのか。先に神殿から出てきた若者達が噂してたぞ」

スネイルはあいまいな笑みをうかべた。

「あはは。まあ……」

「凄いじゃないか！　あれ？　どうした、あまり嬉しそうじゃないな」

「そんなこともないけど」

「まあいい。誰かが【盾防御・極】まで獲得したらしいな？」

「それ、俺です。たまたま持っていた盾スキルと上手く重なったみたいで」

「な、なんだと!?　君達は優秀だなあ～」

役人さんの言葉にイアンは少しだけ嬉しそうな顔も見せたが、はしゃぎはしなかった。

俺を気遣ってくれたのだろう。

「そういえば、スキルを二つも手に入れたのにゼロ能力者になってしまったものもいるらしいな。かわいそうに……」

「……それが俺です」

「うっ。そうだったのか。すまん」

「いえ。役人さんはなにも」

役人さんがコホンッと咳払いをする。

「君達なら、いや君達二人なら騎士団にも入れただろうな。今我がフランシス王国は魔族と戦っていることは知っているだろう？」

「もちろん知ってますよ。俺は十年前のハーゴ村の惨劇の生き残りですから」

「そうだったのか……何度も迂闊なことを言ってすまん……」

「もう昔のことですから」

ハーゴ村は十年前に魔族に襲われた。

その時、生き残ったのが俺とエリス義姉さんだ。

スネイルもイアンも惨劇後に来た移民でそのころは村にいなかった。

ともかく今度こそ俺は村を守るんだ。女神から授かったセーブとロードで。

「私は役場にいるからな。帰る際には呼ぶといい」

少しずつ馬車が離れていった。

スキル獲得のために辺境から王都に出てきた若者たちは、都の見学をしてから帰るのが通例になっている。

もちろん俺らも見学をしてから帰ることを既に伝えていた。

スネイルとイアンにとっては見学ではない。馬車で語っていた夢を実現するチャンスが二人にはやって来たのだ。

「二人は王都騎士団の宿営に行くだろ？」

「で、でもさ。それは三人で行くって約束だったじゃないか？」

俺はスネイルの肩に手を置く。

「ここでお別れだ。二人は夢を追ってくれよ。イアン。お前は王都騎士団に確実に入団できるんだしな」

「すまな……いや、ありがとう！」

「俺が村に帰っても必ず二人に会いに行くから。二人は親あての手紙でも書いといてくれ。届けるよ」

「ああ。またなっ！　ジン」

「また！」

「じゃあな〜」

こうして俺は二人と分かれて一人で王都を歩きはじめた。

二人は俺が傷心して一人になりたかったとでも思っているかもしれない。

確かに今まで思い描いていたように戦闘スキルを得て軍に入ることは難しいかもしれない。

だけど落ち込んでなどいない。俺はきっと強くなれる。【セーブ】と【ロード】のスキルを使って必ず強くなるんだ。

「ただ、同時に冷静にならないといけない」

経験上、このスキルには致命的な弱点もある。

危険な状況でセーブしてしまうことだ。

例えば、絶対に倒せない、逃げられない敵の前でセーブするなどは最悪だ。

あるいは事故の寸前にすることなども許されない。

セーブ＆ロードのことを考えながら、俺は人通りが多い方、多い方へと歩いていた。

そして大通りの窓越しに鎧が並んでいる店を見つける。

「あった。防具屋だ」

目的もなく歩いていたわけではない。

結局はいつか戦いの場でスキルを使わないといけないのだ。

何の緊張感もない場所でセーブを使い続けると、気が緩んでいざという時に危険な所でセーブをしてしまうかもしれない。

だったら防具屋に行って戦う感覚を養おうと思ったのだ。買いたいものもある。

俺はスキルを使おうとイメージしながらついにそれを言葉にした。

「セーブ」

すると脳内にゲームのようなウィンドウが出た。

【フランシス王都、ギースの防具屋前。セーブしました】

できた。感覚的にわかる。間違いない。

あの懐かしいセーブが現実世界でできたのだ。

窓越しに並ぶ鎧を見ながら俺はドアを開ける。

カウンターの向こうにはスキンヘッドの筋骨隆々な男がいた。

頑固そうな人だ。ちょうどいい。

「こんにちは。ギースさん」

「あん？　俺に鑑定スキルでも使ったのか？　それとも誰かから俺の名前を聞いたのか？」

この店は看板もなかった。

名前を知ったのはセーブスキルのウィンドウでだ。

「ふざけたことするなよ。鑑定スキルなら商品に使え」

おっかないけど怒らせたのはわざとだ。

俺は黒光りする盾を手に取る。値札はついていない。

「良い盾だね」

「ガイアのドワーフが鍛えた鋼だ。お前にはもったいねえから触んな」

良い情報を聞いた。

ガイア地方は鍛冶《かじ》が得意なドワーフの村があることで有名だ。

やはりこだわりの店なのだろう。

「これっていくら?」

「五千でなら売ってやるよ」

エリスが俺に持たせてくれたお金は千五百ダラルある。

思いっきり値切ることになるけどちょうどいいだろう。

「千五百ダラルにしてくれ」

「お前、ふざけてんのか?」

商品の値引き要求は独特の緊張感がある。

商品にプライドを持っていそうな店員から値引きしてもらう時は尚更だ。

スキルを試すのにはちょうどいい。

「真面目に千五百ダラルで売ってくれ」

「帰れ！　お前のような価値がわからねえ奴は二度と来るんじゃやねえ！」

ギースがカウンターから出て俺の方にやってくる。

そろそろ良いだろう。

「ロード」

【フランシス王都、ギースの防具屋前。ロードしました】

俺は窓越しに鎧が並ぶ店のドアの前にいた。

店に入るとやはりカウンター越しにギースがいた。

やった！　やはりセーブ&ロードは俺が思った通りのスキルだ。

挨拶《あいさつ》もしないで例の盾の前に行く。

「良い鋼の盾ですね。ドワーフが作ったガイア産ですか？」

ギースが驚いたように目を開く。

「兄ちゃん、よくわかんなぁ！　鑑定スキルじゃ防具の質の良し悪しはわかっても、産地までははわかんねえのによ！」

スキルの道具鑑定を実際に見たことはないが、俺もそのようなものだと聞いていた。

「さては兄ちゃんは相当な防具好きだな～」

「いえ、実は……」

俺は自分がゼロ能力者になって、友達が【盾防御・極】のスキルを得たことをギースさんに話した。

そして別れる前に良い盾を贈りたいことを伝えた。

「イアンもスネイルも俺に負い目があると思うんです。だから気にすんなよって意味で良い盾を」

「なるほどな。そんなことがあったのか。ゼロ能力者なんか関係ねえ。こういう良い防具は兄ちゃんみたいのに買ってもらいてえな！」

ギースさん本人に教えてもらった知識を披露するだけで、こんなにも態度が違うのか。

いや、見た目は怖いけど本当は人情家なのかもしれない。

「ただ貧しい村から出てきたからお金はあまりないんです。この盾は五千ダラルぐらいしますよね。とても買えないです」

「ははは。五千なんかしねえよ。舐《な》めた客にはそれぐらいふっかけるけどな。本当は四千だ。いや兄ちゃんなら三千五百でもいいぜ。どうだい？」

俺は千五百しかない。だがあえていった。

「三千ダラルになりませんかね」

「お前、名前なんて言うんだ？」

「ジンです」

「ジンか……いいぜ。俺も男だ！　二千五百で売ってやる！」

それを聞いて俺はロードした。

所狭しと防具が並ぶ店内から、また太陽がまぶしい王都の大通りに立っていた。

◇◆◇◆◇

ギースさんは鋼の盾を二千五百ダラルにまで下げてくれることがわかった。それでも俺には千五百ダラルしかない。

それを解決するのは……あれだ。

王都は広く、探すのに時間がかかってしまう。幸い陽が落ちてもあれはやっている。

「どこだろう？　カジノは」

そう、俺が探しているのはカジノだった。王都にはあると聞いている。

セーブ＆ロードのスキルを学びながら活用するのに、カジノほどおあつらえ向きの場所もないだろう。

ちょうど日が暮れる頃、カジノは見つかった。

入場料を二百ダラルもとられるが仕方ない。ホテルなのに城のような建物なのだ。

イヴァ世界の文明が中世レベルというのが信じがたい世界が広がっていた。

もちろんスロットマシーンといった機械的なものはないが、トランプ、サイコロ、ルーレットなど、様々なギャンブルに多くの人が興じていた。

内装も金色主体で、豪華さを演出している。

シャンデリアは落ちてきたら死にそうな大きさだ。

セーブしておこうかと馬鹿らしいことを考えてしまって自嘲する。

「それにしてもまるで別世界だな」

客たちは皆いい服を来ていた。

今日はスキルの授与があったから、持ってきた中で一番良い服を着ているが、「田舎もの」という目で見られてるかもしれない。

まあいい。どうせ後からもっと目立つから。

「百ダラルをチップにしてください」

「かしこまりました」

黒服に銀貨を一枚渡す。

布袋の中に銀貨は一枚しかなかった。みんなと村でモンスターを狩って得たあの一枚だろう。

エリスが家計用にと没収した演技をして俺に持たせてくれた一枚でもある。

縁起がいい。そして負けられない！

黄色のチップを一枚受け取った。

やるのはルーレットだ。

ルーレットのベット台の前に立つ。軽く周囲の確認をして俺は【セーブ】のスキルを発動させた。

【フランシス王都、ホテルリンダカジノ内。セーブしました】

ルーレットは色々な賭け方ができる。

一般的な賭け方のなかに赤か黒を当てるものがある。

ほとんど二分の一の確率で、色を当てることができれば、賭けたチップと同量のチップを獲得し、負ければ賭けたチップを失う。

そんなことを考えていると、ディーラーが微笑んでからルーレットに球を投入した。ルーレットを回る球は徐々に勢いを失って赤のスポットに落ちた。

俺はそれを確認してからスキルを発動させた。

【フランシス王都、ホテルリンダカジノ内。ロードしました】

無事ロードできたのだろうか。カジノ内の様子は代わり映えがなく、よく分からない。

しばらくすると、ディーラーが微笑んでからルーレットに球を投入した。

ロード前と同じ笑みだ。間違いなく時間が巻き戻ったようだ。

俺はベット台の赤を示す場所にチップを一枚置いた。

「赤《ルージュ》」

赤の場所に賭けたチップが倍になって返ってくる。

俺の勝ちぶりにギャラリーがざわめきだした。

「なんだ。あのガキは?」

「勝ったら勝った分を全部賭けてもう五連勝か?」

「田舎もんみたいなナリをしてるのに⁉」

「少しは緊張しそうなもんだけな……どんな神経してやがる?」

もちろん最初は緊張してたけど、もう何度もセーブとロードを繰り返している。そりゃ平然となる。

ただ予想通りというか、やはり目立ってしまう。

俺はルーレットで五連勝して、一枚のチップを倍々で増やしていった。

結果三十二枚の黄色のチップが積まれていた。つまり三千二百ダラルだ。

ギースさんの店の盾は二千五百ダラルにしてくれるだろうから、もう余裕で買うことができる。

カジノから出るため、その場を背にして離れようとした。

突然、澄んだ声が聞こえた
「お客様、最後にもう一勝負していきませんか？」

連勝していても今までディーラーが話しかけてきたことなどなかった。

「え？」

振り向くと、ディーラーが初老の男性からスラリとした長身の美人に変わっていた。

エリスも美人だが、かわいらしい暖かさがある。

しかし、このディーラーは美人すぎて冷たさまで感じさせる。

「いや俺はもう帰ろうとしてたところで……」

新しいディーラーに伝えようとした言葉はギャラリーの歓声にかき消された。

「おい！　クイーンだぞ！」

「マジでクイーンか？」

「間違いないクイーンだ！」

ギャラリーが口々にクイーンと言っている。

クイーン？

俺は近くにいた金持ちそうなオジサンとその奥さんであろう若い女性に聞く。

オジサンが教えてくれた。

「クイーンって何者ですか？」

「知らないのか坊主？」

「えぇ」

「クイーンってのは勝ちを重ねた客の前に現れる伝説のディーラーさ」

なるほど。つまり勝ちすぎた客を倒す店側からの刺客か。

「けど坊主は五連勝って言っても、最初は黄色チップ一枚からだから……えっと三千二百ダラルの勝ちか？　クイーンが出てくるほど店の負担になってないはずなんだけどな」

オジサンの発言に若い奥さんも同意する。

「そうよ。クイーンは【ギャンブル・極】って話よ。ボウヤ止めたほうがいいわよ」

なんだって？　俄然、興味が湧いてきた。

ルーレットというギャンブルで、その専門スキルである【ギャンブル・極】を持つ刺客に……俺の【セーブ&ロード】は果たして通じるのか？

いや通じるかじゃない。いずれ俺は【セーブ&ロード】で戦いの【極】スキルを持つ戦士に打ち勝たなくてはならない。

――――この勝負は俺のスキルの試金石だ！

けれど一つ疑問がある。もし俺が勝負を受けないで帰ると言ったらどうするつもりなのだろうか？

その疑問はすぐに解消された。クイーンと呼ばれるクールな女性がニッコリと笑顔に作る。

作った笑顔とわかっていても艶めかしい。そしてどこか妙な迫力があった。

「もしも今あるチップをもう一度賭けてお客様が勝たれましたら……私を一晩自由にできる権利もお支払いいたします」

その瞬間ギャラリーがざわめき出す。

「うおおおおおおお！　いつものクイーンだぜ！」

「坊主！　こんなチャンスはねえぞ～！」

「ちょっとボウヤやめときなさい。気持ちはわかるけど乗せられちゃダメよ！」

なるほどね。今までのルーレットでは平然としていた俺の顔にも汗が流れた。

おそらくクイーンさんの心理戦は既にはじまっているのだ。

「一晩自由にできるっていうのは言葉のアヤじゃないですよね?」

あえて生々しく言ったのはオマケが欲しいからじゃない。

心理戦で彼女に負けないためだ。

「えぇ。もちろんでございます。もしお客様が勝たれましたら、いやと言われても受け取っていただきます」

彼女の笑いは完全に戦士のそれだった。

勝敗がわからずとも引けない戦いもある。

若い奥さんは、俺をすごく心配したように話しかけてきた。

「やめなさいよ。あの女に丸裸にされた人もいるんだから。相手は専門分野スキルの【極】なのよ。キミのような若い子がそんな勝負を」

俺は若い奥さんの言葉を遮った。

「どんなに凄いスキルを持っていたって自分を信じることができなくちゃ勝つことは……いや戦うことすらできませんよ」

「え?」

そうだ。俺はゼロ能力者と言われた【セーブ&ロード】でいつか魔族との戦争に勝つ。

そのために今、自分の力とスキルを信じて……賭ける！

一度は離れかけたルーレットにゆっくりと戻る。

戻ってすることは決まっている。スキルの初動だ。

【フランシス王都、ホテルリンダカジノ内。セーブしました】

これで俺の負けは無くなった。

普通に考えればだが。

しかし、相手は【ギャンブル・極】のスキルとクイーンの異名を持った女性だ。

簡単には勝てないと思う。一体どんな手で攻めてくるのだろう？

クイーンさんはルーレットを回す前に話しかけてきた。

「お客様、少しお話ししても？」

「ええ。いいですよ」

「私は【人物鑑定】のスキルも持っています」

「そうなんですか」

クイーンさんは心理戦で相手を揺さぶるのが、よほどお好きらしい。

「だからアナタがジン様というお名前で、まだ十八歳であることも知っています」

「なるほど。クイーンさんはいくつですか？」

よし！　上手く切り返せた。

「二十二歳です。年上の女性はお嫌いですか？」

「いいえ。むしろ好きかもしれません」

「そうですか。フフフ。嬉しいですね」

それでもクイーンさんは淡々と心理攻撃を続けてくる。

「十八歳ということはスキル授与のため田舎から出てきたんですね？」

「当たりです」

「そこで『ゼロ能力者』になったと。セーブやロードなんてスキル聞いたことありませんしね」

「さすがですね」

挑発も混ぜてきた。俺はどこ吹く風という態度を貫くことにした。

「十八歳ですか……その若さでこんな大勝負にまったく震えないなんて大したものですね」

「俺は勝つつもりですから」

「ええ。是非勝って、私のことも貰ってくださいね」

クイーンさんは長髪を耳にかけた。

冷たい表情を捨ててこちらに微笑んだのをよく見せるためだろう。

本当に俺に勝って欲しいのではないかとすら錯覚しそうになる。

「ではジン様。ベットをどうぞ」

「いえ。俺はアナタが球を投げてから賭けさせて貰います」

ルーレットにはディーラーが球を投げ込んでから、どこのスポットに賭けるか選択する時間がある。

手練れのディーラーは狙った場所に球を落とせると聞く。

つまりディーラーが球を投げ込む前にベットするなど勝負を捨てたようなものなのだ。

「フフフ。当然、そうですよね」

クイーンさんがルーレットを回転させる。

いよいよ球を投げ込むようだ。

その瞬間、クイーンさんは喧騒に掻き消されてしまうかのような声で言った。

「0のスポットに球を落とします」

「え？」

俺は驚いて顔をあげる。

彼女は何事もなかったように回転するルーレットに球を入れた。

今、彼女は目の前にいる俺にしか聞こえないような声で0に球を落とすって言ったのか？

0は赤と黒どちらでもない。

ルーレットには1～36までが赤と黒《ルージュノワール》に色付けされているが、0だけは緑色でそのどちらにも属さない。

代わりにピンポイントで0を当てれば配当は36倍になる。

嘘なのか？　本当なのか？

「おい！　坊主！」

「なにやってるんだ？」

「早く賭けろ！」

まずい。ロードでやり直せるとしても、時間切れなど許されない。

気づくとクイーンさんの瞳が俺を真っ直ぐに見つめていた。

それを見た瞬間、俺は反射的に0に全てのチップを賭けた。

賭けが成立する時間ギリギリ一杯！

彼女がふと笑ったような気がした。

ルーレットを走る球が回転力を失い出す。入ったスポットは……。

「0です」

何事もなかったかのようにクイーンさんの声が響いた。カジノ中が大歓声に包まれる。

オオオオオオオオォォォォ！

スゲエエエエェ！

三十六倍かよおおおおおお！

勝った。いや勝たされたのか？

大盛り上がりの観客に囲まれて胴上げされそうな勢いだった。

けれど俺だけは冷静だった。

なぜクイーンさんは0と宣言したのだろうか？

俺が逆に0には賭けないと思ったのだろうか？

喜ぶ観客に対して、慌てた黒服がすっ飛んできた。

「お客様。ボディーチェックさせて頂いてもよろしいでしょうか？」

黒服が俺の身体をチェックしようとする。

「意味ないわ。ジン様はなんのイカサマもしてないから」

「し、しかし！」

「ギャンブルクイーンの私の目が信じられないの？」

クイーンさんが凄むと黒服は引き下がった。

「おめでとうございます。三十六倍のチップです。それと私が使っているこのカジノホテルの部屋のキーです。二時間後に来てください」

山のようなチップの上にはホテルの部屋のキーが乗っていた。

「い、いや……俺は……」

「やったなあ。坊主！　く～～～羨ましいぜ！」

さらなるギャラリーの大歓声に、誘いを辞退したい俺の声がかき消される。

クイーンさんの表情は戦いの直前と比べて無表情で、感情が読みにくかった。

けれど彼女が口唇を動かしたのはわかった。

「や　く　そ　く　で　す」

◇◆◇◆◇

俺はロードのスキルを使いルーレットの勝負を繰り返した。
クイーンさんがなにを考えてるか知りたかったからだ
結局、何度ロードしてもクイーンさんは0を宣言して、そこに球は落ちた。
どうも俺を本当に勝たせたかったらしい。

その理由はこのドアを開けて入っていくまでわからないだろう。

【フランシス王都、ホテルリンダ214号室前。セーブしました】

ドアを叩く。

「ジンです」

「開いてます。どうぞ」

キーは渡されたが、クイーンさんはドアに鍵をかけていなかった。

部屋の光源は火のランプしかなくて薄暗かった。

クイーンさんはベッドの上に座っていた。ディーラーの制服のままだった。

制服の短いスカートから伸びるストッキングをはいた足が艶めかしい。

表情は逆光で見えにくかった。

「どうして俺を勝たせたんですか？」

「いいえ。ジン様が勝ったんです」

「だってクイーンさんは宣言通り0に球を止めたじゃないですか？」

「勝たせたわけではありませんよ。私の宣言通り0にベットして勝つ人を探していたんです」

「え？　どういうこと？」

言ってることがわからなかった。

クイーンさんが一呼吸置いていった。

「大金がかかった鉄火場で、大勢のギャラリーから挑発されて、三十六倍の0の出目を教えられて、時間内に賭けられる人は多くないのです。勝負ができる人でも確率の高い赤《ルージュ》か黒《ノワール》……」

なるほど、そういうものかもしれないと思いながら聞いてみた。

「本当ですか？」

「ええ。実際にディーラーをやって数年ですけど、教えても0に賭けて勝ったのはジンさん唯一人だけでした。凄いことです」

あの状況下で、時間内に勝負ができる人はほとんどいなかったのだ。

そして勝負をできた人でも確率の高い赤《ルージュ》か黒《ノワール》に賭ける。

クイーンさんはそのように場を支配しているのだろう。

「私との一晩も……相手を萎縮させる布石なんですけど……ジン様の心は揺さぶれなかったみたい。それが敗因ですね」

「い、いや。それは俺が……」

それは俺がセーブ&ロードを持っているから精神的に余裕があっただけだ。

「残念。ウフフ」

「ところでなんでそんなことをしたんですか？　カジノ側からアイツは勝ち過ぎだから負けさせろって命令があったんですか？」

「まさか。勝負前の時点では連勝してても金額的にはたいしたことなかったでしょ？」

「じゃあ、なんで？」

「私がギャンブラーだから」

「へ？　意味がわからないよ」

「フフフ。私はギャンブラーだから賭ける対象にこだわるの。私の人生を目一杯賭けられる男性を探していたんです」

え？　それってまさか？　俺……？

「見つけちゃった。約束は……いやと言われても受け取っていただきます、って言いましたよね……」

「い、いや。それはその……」

クイーンさんがあやしく微笑みながら、ベッドの上で俺に向かって両手を広げる。

これじゃあ勝ったんだか負けたんだかわからないぞ!?

お金も手に入ったし、この部屋に入る前にしたセーブをロードして、彼女に会わずに去ってしまおうかと思った時だった。

剣を鳴らしながら迫ってくる音が聞こえてくる。

「あーフロアマネージャーかな」

「くそっ！　大金を取り返しに来たのか？」

「それもあるかもしれないけど、私かなり言い寄られているから」

クイーンさんがニッコリと笑う。

「ええ？　そうなの？」

「私が一晩賭けて負けたって聞いたのかも」

ううう。面倒臭そうな話だ。

ロードして俺がここに来ない選択をしたら、彼女はここで殺されてもおかしくない気がする。

クイーンさんが殺されたら俺の責任かも？

窓からの高さを確認する。

よし。ここは二階だし、最悪セーブ＆ロードがあれば飛び降りて怪我しても、前に戻ればいい。

対人戦の実戦を経験しておきたかったところだ。滅多にないチャンスだ。

微笑むクイーンさんに俺はニヤリとほくそ笑む。

「クイーンさん。いざとなったら飛び降りれるように窓のそばに」

「私のことはクレアって呼んでください」

「クレア……ともかく俺の後ろに隠れて窓のそばに」

「はーい♪」

クールかと思ったらこんな性格だったのか。もう無視しよう。

【フランシス王都、ホテルリンダ２１４号室内。セーブしました】

さあ。いつでも来い。

セーブしたところで、ドカドカと剣をもった暴漢が入ってきた。

一人、二人、三人か。

剣は既に抜いているが、剣の持ち方は……全員素人だった。

ドアから入って来た奴らの位置も覚える。

「クレア！　助けに来たぞ！」

ううう。やっぱり金よりも色恋沙汰のほうらしい。

俺は問答無用でロードした。

【フランシス王都、ホテルリンダ２１４号室内。ロードしました】

俺はクレアが座るベッドのシーツを剥《は》ぎ取る。

「キャッ」

ロードしたことで相手の実力はわかっている。窓から飛び降りる必要性はない。シーツを抱えてドアの横に潜んだ。

「クレア！　助けに来たぞ！」

走り込んで入ってきた三人に、シーツを投網《とあみ》のように投げた。

それぞれの位置は確認しているので簡単だ。

「なんだこれはっ！　ぐわっ！」

「ぎゃっ！」

「ぐはっ！」

奴らにはシーツ越しに剣の峰をしたたかに食らわせてやった。

しばらくは動けないだろう。

素人相手だったけど、【セーブ&ロード】はやはり有効だった。

「よし！　クレア今のうちに逃げよう！」

クレアはランプを持ってボーっと立っていた。

「な、なにしてるんだよ？　急ぐぞ！」

「す、凄い……」

俺はクレアの手をとって走ろうとする。

ところが彼女が動かない……。

「やった！　私がジンに賭けたの大当たり！」

クレアはそういうと俺をベッドに押し倒した。

「約束は守ってくださいい……ね」

「そ、そんな暇《ひま》あるかー！」

俺はクレアを担ぎ上げてホテルを走り去った。

③　差別

「兄ちゃん、また来いよな〜」

防具屋のギースさんが挨拶してくれた。

カジノでお金に余裕ができたので、ドワーフ製の鋼の盾は少しだけまけてもらって三千五百ダラルで購入することにした。

ギースさんとは【セーブ&ロード】のおかげで大分仲良くなれた。

これからも末長く付き合っていきたいので、値引きできるのはわかっていてもあまりせずに相場を払うことにした。

【セーブ&ロード】を手に入れたことでゼロ能力者となった俺は、皮肉にも全てが順調だった。一点を除いて。

「ふふふ」

その一点のクイーンさん……いやクレアが笑う。

「ジンって防具にも詳しいんだね」

「まあね。少しだけ」

そりゃギースさんから防具の講義を何度も受けているもの。

ギースさんは防具のことは本当に詳しかった。

俺は昨晩からクレアに付きまとわれていた。

彼女は【ギャンブル・極】の影響なのか異様にカンが鋭く、こっそり離れようとしても察知されてしまう。

もちろんこっちだってスキルを使えば、簡単に彼女を〝撒《ま》ける〟とは思うけれど、まだカジノのフロアマネージャーもクレアを探しているかもしれない。

彼女の安全のために一緒に居るしかなかった。

「ところでジン。昨晩はなんでベッドが二つの部屋に泊まったの？　二人用の大きなベッドの部屋で良かったのに」

昨晩はカジノホテルを二人で逃げ出してから裏通りの安宿に向かった。

別々の部屋に泊まろうとしたが、クレアが怖いというので同じ部屋に泊まった。

本当に怖いのだろうか。命を賭けるようなギャンブルでも平然としてそうな感じがするけど……。

「今夜は一緒のベッドで寝るのはどう？」

「寝ないよ……」

もちろん俺はエリス以外の女性とベッドを共にしたことなどない。

でも昨晩は何回かクレアのベッドの中に潜り込もうかと思ってしまった。

俺は追手が来ないか見張っているのに、クレアはシーツから黒いストッキングをはいた足を出して気持ちよさそうに寝ていた。

いっそのこと【セーブ】してから潜り込んで、【ロード】して無かったことにしようかと思ったぐらいだ。

「というかクレアは困らないの？」

「なにが？」

クレアはスキルの神殿で【ギャンブル・極】と【人物鑑定】のスキルを得て以来、王都のカジノをディーラーとして渡り歩いて、ここ数年はホテルリンダのカジノで働いていた。

そこを身一つで逃げたのだから当然無一文のはずだ。

他のカジノで生計を立てようとしても、きっと例のフロアマネージャーに真っ先に張り込まれているだろう。

クレアは何も悪くはないが、そんな主張が通じる相手とも思えない。

しばらくの間はどうにもならない。

「だって無一文だろ？　どう考えても困るような」

「それは普通の人の考えね。ギャンブラーは違うわ」

「え？　じゃあどう考えるのさ？」

「無一文になれば、ジンの性格じゃ私を見捨てることができないって考えるの」

クレアが俺にウインクした。

お、恐るべし、ギャンブラー！

一時的に俺と一緒にいるために、社会的な立場もお金もアッサリと全部賭けてしまうらしい。

いや、こちらは一時的だと思っているけど、向こうはそう思っていないかもしれない。

追われることすらも計算のウチなのかも。

「それだけ私がジンに入れ込んでるってことだからねっ」

クールなクレアがかわいらしい口調で言った。

「そういう口調もギャンブラーの計算なのか」

「違うよ。ギャンブルって最後は計算じゃないの」

「じゃあなにさ？」

「情熱」

そ、そうなのかな～？

そんな会話をしながらクレアと歩く。目的は買い物だ。

マジックアイテム屋で使い切りの鑑定アイテムなどを買い込む。

特に【人物鑑定の魔石】は多めに買い込んでおいた。

【人物鑑定の魔石】は【人物鑑定】が一度使える魔法が込められている。

【セーブ&ロード】を有効に使うには何よりも相手の情報が必要になるだろう。

「【人物鑑定】なら私ができるからジンが頼めばしてあげるのに」

「はいはい。で、武器屋は？」

「あっちよ」

クレアの案内で武器屋へ向かった。

いい加減、村でもずっと使っていた鉄の剣が刃こぼれだらけなのだ。

王都で一番大きな武器屋に連れてきてもらう。

「でかいな。店員も複数いる」

「一番、大きな店だから」

ギースの防具屋がこだわりの個人経営店なら、こちらは会社が経営している大型店のようだった。

お金は十万ダラル以上ある。

なにもしないでも何年かは王都で裕福に暮らせるお金だ。

それでもこの武器屋でもっとも高い真銀の剣は買えなかった。

「ミスリル製の武器ってたっかいんだね～」

「二番目に高い剣で十分さ。この鋼の剣はギースさんのところで買った盾と色合いが似てるし、きっとガイア地方のドワーフが作ったものじゃないかな」

この店はギースさんの店と違って全て値札が貼ってあった。

二番目に高い剣を手にとって光具合を見ていると店員が話しかけてきた。

「お客様、お目が高いですね～この剣はとても良い剣で」

「ひょっとして、ガイア地方のドワーフ製じゃないの？」

「え、ええ？　少々お待ち下さい！」

店員は鑑定書を持ってくる。

「【道具鑑定・極】のムロア氏の鑑定書で、その剣は鋼の剣としてA＋ランクとなっております。購入の際には鑑定書をお付けします」

「いや、この鋼がガイア地方のドワーフが鍛えたのかどうか教えてほしいんですよ」

「そ、それはちょっとわかりかねますが……」

ギースさんとは長く付き合えそうだけど、この店に足繁く通うことは無さそうだ。

それでもこの剣はしっくりきたので買うことにした。

「コレください。えっと九千ダラルですよね」

「はい～ありがとうございます。それではスキルプレートを見せて頂けますか？」

「え？」

「当店は武器屋ですので。当局からの指示でスキルプレートをご提示していただくことになっています」

なるほど。俺は田舎の出だから噂にしか聞いたことはなかったが、王都や都会ではスキルプレートが身分証代わりになるとは聞いていた。

確かに、名前と年齢を神殿が保証するのだからこれ以上の身分証はない。そしてある意味、能力までも保証している。

「どうぞ」

俺がスキルプレートを渡すと店員はあからさまに嫌な顔をした。

「ゼロ能力者……ですか？」

一般人はそこまでスキルに詳しくはないので、瞬時にゼロ能力者と区別できないスキルも多いのだが、俺のスキルはこのイヴァ世界に置いて語感が異様過ぎた。

「その値札間違っていました。一万三千ダラルです」

「なんだって？」

店員が値段を間違っていたと言いだす。

「九千って値札に」

「いえ間違っていたので一万三千です。というかアナタ九千だって払えるんですか？　この店は格式が高いんですよ。【極】のお客様もいらっしゃるのですから」

すると、クレアが俺のお金が入った布袋と自分のステータスプレートをその店員に投げつけた。

「え？」

「【ギャンブル・極】私が買ったらおいくらになるの？」

店員が慌ててプレートを見る。

瞬間、顔が凍りつき布袋を落としてしまった。

口から金貨や銀貨がこぼれ落ちる。

騒ぎを聞きつけた店長らしき人がすっ飛んできた。

事情を聞いてすぐに値上げした店員に命令して硬貨を拾わせる。

「も、申し訳ございません。お金は全てありますか？」

店長はゼロ能力者である俺にまず頭を下げてからクレアにも頭を下げたところを見ると、差別的な意識はないようだった。クレアと同じだ。

「お前はクビだー！」

「そ、そんなあ。店長……」

なんだかかわいそうになって来たから【ロード】してあげようかとも思ったけど、【セーブ】はギースさんの店で盾を買う前にしたっきりだったから止めた。

何時間も巻き戻されるのは面倒だし、この店員がいても店のためにならないかもしれない。

「その鋼の剣ですが、五千ダラルにお値引きさせて頂きます」

「店長さん。この剣の産地と作った人、わかる？」

「え？　鑑定書では……いえ、それは存じ上げません……すいません……」

店長はまた俺にペコペコと頭を下げた。

店長は悪い人ではなかったが、やはりギースさんの店のように何度も通うことにはなりそうもない。

店を出ると太陽が一番高いところにのぼっていた。

「クレアやり過ぎ」

「だって～私のジンがあんな奴に」

私のジンというところでつい笑ってしまった。

「うん。そうだね。ありがとうクレア」

「な、なに？」

「感謝してるんじゃないか。ありがとうって」

「う、うん……」

いつものクールな顔が少し赤くなった気がする。

クレアに勝つのは【セーブ＆ロード】があっても難しいかもと思っていたけど、結構簡単に勝てるのかもしれない。

「クレアのおかげで剣も安く買えたし、美味しいものでも食べに行こうか」

「私、案内してあげるね」

「うん」

お昼ご飯を楽しんだら、イアンに盾を贈るために王都騎士団の宿営に行こうと思う。

それにしてもクレアと一緒に行ったら二人はどんな顔をするのだろうか。

◇◆◇◆◇

王都騎士団の宿営地は王宮のすぐ隣だった。

役所用の建物と宿泊施設のような建物が並んでいる一帯がそれだ。

一帯の入り口付近に詰め所を見つける。守衛さんに事情を話した。

守衛さんは慣れた風に対応してくれた。

女神に戦闘系スキルを授かって王都騎士団に入るのは、この国の人が憧れる出世コースの典型だ。

守衛さんの話によれば、新しく入団したものに故郷から縁者が会いに来ることはよくあるらしい。

「えーとハーゴ村のイアンさんね。どちらにしろまだ軍学校期間だろうから、この時刻だと後二時間は座学か実戦の稽古を受けているよ」

「そうなんですか」

そりゃそうか。守衛さんが建物を指した。

「あそこに見えるのが王都騎士団の軍学校だよ」

確かに学校のように見えた。

どうも地球でもイヴァでも学校は同じ様な建物になるらしい。

「じゃああそこで聞いてきます」

「今は授業中だからね。二時間後にここに来てくれれば、イアンさんを呼んでおいてあげるよ」

「そうですか。ありがとうございます」

◇◆◇◆◇

二時間の空き時間ができたのでクレアと一緒に服などを買ってから、公園の刈り込まれた草の上で座って休むことにした。

クレアは服屋でカジノの制服から着換えたが、やはり短めのスカートに黒ストッキングは変わらないらしい。彼女のトレードマークかもしれない。

柔らかい草の上に座って、彼女は片足を放り出して伸ばし、もう片足は膝を折って両腕で抱えていた。

つい目が行ってしまう。

クレアと目が合うと、彼女は草の上に両足を真っ直ぐに伸ばして太腿をポンポンと叩いた。

「なにそれ?」

「枕の許可……使っていいよ」

確かに気持ちよさそうだなとも思ったけれど、俺は荷物を枕にして草の上に身を委ねた。

「あらら。勿体無いことするわね」

「かもしれないな」

青空に雲が流れるのをボーッと眺めているとクレアが突然言った。

「ジンのカジノでの連勝って、その【セーブ】と【ロード】っていうスキルを利用したんだよね？」

「どうしてそう思う？」

「私以外のディーラーだって素人に連勝させるほど甘くはないよ。客を勝たせて盛り上げる時もあるけど、勝たせる客は常連だしね」

なるほど。一見の旅行客なんか勝たせる理由はないだろう。

「相変わらずカンがいいな」

「カンで生きてたから。さらに言えば【セーブ】と【ロード】は一つだけ持っていても完全に死にスキルでしょ。どう？」

「っ！」

「奇跡のような確率ね」

そうなのだ。

いわゆるゼロ能力者呼ばわりされるスキルを授かる率はそれほど高くないと聞いている。スキルを二つ授かることも稀……とされている。

さらにセーブとロードを同時にとなると……。

一つずつ授かったら完全な死にスキル、まさにゼロ能力者だったのだ。

「クレアの言う通りだよ。ひょっとしたら【セーブ】だけ、あるいは【ロード】だけなら授かったなんて人もいるのかもしれない。どうして俺は……？」

「ギャンブルの世界でもたまにあるわ」

「え？」

「あり得ないほど低い確率の事が、奇跡のように、あるいは運命のように同時に起ることが」

「そ、そうなの？」

「うん。しかもその奇跡は起こる理由が決まっているの」

「理由！　その理由ってなんだ？」

仰向けに空を眺めていた俺をクレアが覗き込んで顔を近づけてくる。

クレアの長い髪が俺の顔を包み込む。青空の世界を遮断して彼女と俺だけの世界を作った。

何かの秘密を隠すように。

「奇跡の理由は誰かの……情熱」

「誰かの……情熱……」

そうかもしれない。

初めてギャンブルは最終的に計算でなく情熱というクレアの理論を聞いた時は本当かなと思った。しかし、奇跡の理由が誰かの情熱というのはなぜか信じられた。

俺は【セーブ&ロード】以上の奇跡を体験したことがある。

村がモンスターと魔族に襲われて自分が殺されそうになった瞬間、俺は誰も知らない文明の世界に飛んだのだ。

この奇跡はきっとゼロ能力者であるエリス義姉《ねえ》さんが俺を守ろうとする情熱の力に違いなかった。

クレアの髪が離れていく。

彼女の髪が作った二人だけの空間に青空が戻ってきた。

「残念だけどそろそろ時間ね」

「みたいだな」

◇◆◇◆◇

スネイルが間抜け面《づら》でクレアを指差す。

「おいいい！　なんだその美人は？」

「どうも～クレアです。今のところジンの追っかけかな？」

「なんだあああ!?　その追っかけって！」

「カジノで知り合ったんだけど、どうしてかこうなっちゃったんだよ」

スネイルは【全鑑定・上】スキルのおかげで入団試験が受けられることになった。

イアンの軍学校の寮の部屋は大きくて一緒に住んでいるらしい。

そんなこと良いのかと聞いたら、スキルプレートを見せたらすぐに許可が降りたらしい。

俺のスキルプレートでは降りない気がする。差別だ。

「ジン。プレゼントの盾、本当に本当にありがとうね」

「ああ、大事に……いや思いっきり使ってくれよ」

イアンに友情の証を渡しているというのにスネイルがうるさい。

「なんで？　どうして？　なんでお前、そんな良い剣と盾を買えるほど金があんの？　いやそれはいいけど、どこでこんな美人と知り合ったのさあああ？」

「だからカジノって言ったじゃないか」

スネイルを無視してイアンと話す。

「ところでイアンはどこの騎士団に入るつもりなの？」

王都騎士団というのはあくまでも総称で、正確には三つの騎士団に分かれている。

近衛騎士団、防衛騎士団、そして辺境偵察団だ。

近衛騎士団は王族の近衛や憲兵的な役割。防衛騎士団は他国に対しての防衛戦力。辺境偵察団は魔族や他種族との戦い。

そんな風に大まかに分類できる。

「もちろん辺境偵察団だよ」

「イアンならどこでも入れるんじゃないか？　近衛騎士団のほうが良いんじゃないか？」

近衛騎士団は端的に言ってしまえば、もっとも危険が少なく、給料も待遇も良い。

貴族の師弟はまず近衛騎士団に入る。

イアンは【盾防御・極】スキルを授かったので見習いの学生期間が終われば、騎士爵位を叙勲《じょくん》できる。

下級貴族として近衛騎士団に入れる可能性はあるのだ。

一方、辺境偵察団は名前とは裏腹に安穏とした騎士団ではない。

魔族やモンスターと前線で戦うのが辺境偵察団なのだ。

ハーゴ村のような辺境を守るためにも戦うし、時に魔族領にも踏み込む。

正式名称は辺境偵察騎士団だが、誰もが騎士を省略した。実際に騎士爵はほとんど所属していない。

「三人で辺境偵察団に入ろうって言ったじゃないか？」

「でも給料も社会的ステータスも全然違うぜ」

「そんなの興味ないよ。ジンはどうするのさ？」

「冒険者ギルドか傭兵ギルドにでも入ろうかなと思ってるよ。【剣戦闘・上】をさらに磨いて……ハーゴ村を守れるようにってね」

「そっか。実はさ。ジンも軍学校に」

「ん？」

イアンがそこまで話すと、一方的にクレアに話しかけて困らせていたスネイルが思い出したように叫んだ。

「そうだ！　お前にこの話をしてやろうと思ってたんだよ。こいつを見てくれ」

スネイルは俺になにかのチラシを見せつけた。

「武術大会？」

「一般公開される軍学校の生徒会主催の催しものさ。まだ学校に入れない俺にも配られた」

「なんで？」

「軍学校に入って一ヶ月以内のルーキー同士の武術大会なんだけど、軍学校に入ってない人も参加できるんだよ。誰でも参加可能って書いてあるし、ステータスプレートで除かれることなんかないだろ？」

「そんなのに出てどうするのさ……」

馬鹿馬鹿しい。

外でモンスターでも狩ったほうがマシだよ。

お金にもなるし剣戦闘スキルも上がるだろう。

「ここに書いてあることを見ろよ。『外部からの参加者が優勝した場合は王都騎士団の入団を無条件で認める』」

なんだって！

「【剣戦闘・上】のお前ならひょっとして、わっ！」

俺はスネイルからチラシを奪う。

「大会はいつ？　いや参加登録はいつまで？」

「大会は三日後。参加登録は実は今日までだ。だからお前を探したけどどこにいるかわからなかった。村に帰ったのかと」

そりゃカジノと安宿だったからな。

「参加登録はどこで？」

「外部からの参加登録も受け付けるために、校庭に大会運営委員会が設置されてるらしい。参加するだろ？」

「もちろん！」

ひょっとしたらハーゴ村を守る辺境偵察団に入れるかもしれない。

◇◆◇◆◇

「どうしてダメなんですか？」

学校の校庭の仮設テントのなか、大会運営委員かつ生徒会役員のオスカーという学生は、参加希望の俺にステータスプレート提示を求めた。

嫌な予感はしたけど、見せろと言われれば見せるしかない。

案の定、大会への参加を拒否された。

「どうせ入団狙いなんだろ？」

「誰でも参加可能って書いてあるじゃないですか！」

「ゼロ能力者も可能とは書いてない」

その言葉にスネイルが逆上した。

「ざけるなっ！　こいつがどれだけ努力して剣を鍛えたと思ってるんだ！」

「お、おい、スネイル。先輩だぞ」

イヴァでは強いスキルを持っていても、女神に授かったスキルでないと神殿では認定されない。

日本で例えるなら大学入試の結果がずっとついて回ることに少し似ていた。

それよりも、遥かに運の要素が強く、しかも差別的だが。

オスカーが殺気を放ちながら立ち上がる。

「何だアイツ。部外者がオスカーに喧嘩売ってるぞ」

「馬鹿なやつだな」

「運が悪けりゃ殺されるぞ」

いつの間にか帰り際の生徒が集まってザワついている。

「口の利き方を知らんやつだな。久しく使われていないが、貴族は平民に対して斬り捨て御免の法律もあるんだぞ」

「う、うるせぇ」

オスカーが剣の柄に手をかけたことに気づく。オスカーは【剣戦闘】スキル持ちだ。

【剣戦闘・上】の自分には相当強いことがわかった。

「俺はオルランド家のものだぞ」

「え？」

スネイルが押し黙った。

オルランド家の名前は俺でも知っていた。フランシス王国で領地を持つほどの軍事貴族だ。

何代か前の防衛騎士団の団長も輩出していた気がする。

「俺はそこのゼロ能力者くんが怪我をしないように言っているのだよ。既に登録したルーキーもなかなか強者揃いだったからね」

スネイルがまた何か言いそうだったのを俺は手で制した。

ペコリと頭を下げてから静かに聞いた。

「俺が【剣戦闘・上】でもですか？」

「ああ、成り立ての【剣戦闘・上】じゃね」

確かに【剣戦闘・上】にも実際にはピンからキリまであって、その差は絶大だ。

きっとオスカーはステータスプレートを見るだけでなく、人物鑑定スキルを持っているか、マジックアイテムを俺に使ったんだろう。

「彼らは戦闘スキルの【上】で君より上だ。外部のゼロ能力者が参加したなどと聞いたら喜んで甚振《いたぶ》るぞ。俺は心配してやってるんだ」

オスカーはそういいながら楽しそうに剣を鳴らした。

さっきも思ったが、このオスカーという男はスネイルを斬り捨て御免とまで言った。

きっと……。

「きっと血を見るのが好きなタイプね」

「え？」

クレアが小さな声で俺と同じ考えをボソリといった。

「オスカーさんなら優勝できるんですか？」

クレアが前に出てニコニコしながらオスカーに話しかけた。

オスカーははじめクレアを鋭く見たが、すぐに紳士的な態度を取り繕った。

女には弱いタイプらしい。

「もちろん。いくら強いって言ってもルーキーだからね。俺なら簡単に優勝できるさ」

「ということは、もし今ここでジンがオスカーさんを破ったなら、心配をするどころかジンは優勝できることになりますよね？」

俺も含めた観客の全てに緊張が走った。オスカーの声音が先ほど打って変わって険しくなる。

「お嬢さんの言うことでも聞き捨てならないね」

「ちょっ、ちょっと……」

俺がクレアを止めようとすると、彼女はステータスプレートを取り出してオスカーに見せた。

「な、なに？【ギャンブル・極】？」

既にかなり校庭に集まっていた下校中の生徒もざわめき出す。

オスカーが少しクレアに気圧されたように言った。

「こ、ここは王都騎士団の軍学校だよ。戦闘スキルを競う場所だ」

「ギャンブラーの私にはジンが剣の勝負でオスカーさんに負けると思えないんです」

「なにをっ？」

「オスカーさん。ここでジンと木剣の試合をしませんか？　ジンが勝ったら彼の武術大会の出場を許可して下さい」

俺はやはり武術大会に出てみたい。

クレアの挑発にオスカーは首を縦に振るかもしれない。

少し期待する。

「その条件だと、君だけが得することになるな。俺が勝ったらなにをくれる？」

金ならかなりある。全部賭けても惜しくない。

「好きなだけ私を思い通りにできるというのはどうですか？」

クレアの提案にぎょっとする。

「なに？」

「なんだって？」

オスカーと同時に声をあげてしまった。

「馬鹿よせ！　金ならある！」

「相手は貴族でしょ。そんな端金《はしたがね》に意味ないわ」

それはそうかもしれないけど。

オスカーが急に笑い出す。

「ハハハ。いいよいいよ。正直、俺は君をどうこうするのには興味なんかないけど、思い上がりを叩く必要はあるだろうしね。それに木剣なら安全だ」

木剣が安全なわけがない。

訓練の事故ですら不具になることも死ぬこともある。

そもそもオスカーは殺気を出している。

「大丈夫よ。私、自分を賭けて負けたのジンだけなの」

「戦うのは俺だぞ」

「自信ないの？　ジンにあげる前にあんな奴に傷物にされちゃうのやだな」

クレアが俺の顔を見る。

勝ちを微塵《みじん》も疑っていない様子だ。

「クレアは【人物鑑定】もあるんだろ？　オスカーの【剣戦闘・上】はどうだ？」

「【剣戦闘・上】の最終段階ね」

「俺は【剣戦闘・上】になったばっかだぞ」

実力差はこんな感じだ。

【剣戦闘・上】
1：数年以上の訓練。　←ジン
2：一人前と言われる。
3：多くの人から剣の腕を褒められる。

４：剣のプロとして生きる人も現れはじめる。
５：剣の手練れとして認識されたり、噂されはじめる。　←オスカー

「どうして俺が勝つと信じられるんだか……」

「ギャンブルの最後は情熱って言ってるじゃない」

「はいはい」

俺とクレアは笑い合うしかなかった。

④　死闘

【フランシス王都、軍学校校庭。セーブしました】

オスカーとの試合、いや決闘がはじまろうとしていた。

揉め事になったらどっかに消えたイアンは先生を呼びに行ってたのだ。

マチルダという女教師が駆けつけてくれたが、オスカーのような貴族は馬鹿にされた場合、決闘権というものもある。

決闘権を主張したオスカーを止めることはできなかったが、先生は公平な審判になると約束してくれた。

「では、木剣による試合をはじめる。勝利条件は相手を立てなくするか、もしくはどちらかの敗北宣言だ」

先生から決闘法に則ったルールが伝えられる。

逆に言えば、相手を立てなくするか、敗北宣言をさせる前に命を奪うことだってできるのだ。

「はじめ！」

マチルダ先生の合図で決闘が始まる。

やはりオスカーは余裕の構えだった。

だが、まだ距離はある……と思った。

オスカーの木剣が弾丸のような早さで迫り、俺の頭をかすめた。

「ぐっ！　この距離で⁉」

「ふふ。気をつけたまえ。俺と君じゃ能力に差がありすぎるんだよ」

イヴァの世界の人間の身体能力は地球の人間とは比べ物にならない。

しかも、それは戦闘系スキルでさらに向上する。

俺でもオリンピックのアスリートを超えているのだが、オスカークラスになれば全速力で走るトラと並走しながら剣を扱える。

俺はジリジリとさらに距離を取った。

ふと気づくと左の視界が半分、赤に染まった。

「血が左目に入ったのか……」

血液は体温と同じだから体表を流れてもしばらくは気がつかない。

最初の一撃で額を割られて左目に血が流れ入ったらしい。

「降参してもいいんだぞ」

「誰がするか……」

その気になれば、オスカーは木剣でも俺を殺せる。

俺が申し出て決闘したらオスカーはそれを狙ったはずだ。

ただ今はクレアという報酬の存在で気分が良くなり、俺を殺すことにそれほど積極的ではなくなっているようだ。

その油断は俺のスキルにとっては物凄く有利に働く。

クレアの援護に今更ながら感謝する。

――ガンッ！

「くっ！」

オスカーの稲妻のような斬り込みがはじまった。

――ゴッ、ガンッ、ガッ！

反撃は一切考えず防御に徹する。

ともかくオスカーの剣を見る。それが俺の基本作戦だ。

オスカーの一太刀を防いでも、二太刀、三太刀と次々に斬り込んでくる。

「おお！」

「すげー！　一方的じゃんか！」

「やれやれー！」

オスカーの攻勢に観客の歓声が大きくなっていく。

観客はみんなオスカーを応援してるようだ。当たり前か。

フランシス王国が誇る軍事貴族オルランド家の子弟が、ゼロ能力者の俺に敗れる姿など誰も望んじゃいない。

そもそも観客のほとんどが軍学校の学生だしな。

けれど……。

オスカーと距離ができたスキに観客のほうへ、チラリと視線を送る。

赤い視線の先にいたクレア、スネイル、イアン。

「三人は俺を応援してくれているっ！」

――カッ！

こちらから果敢に斬り込むことにした。

とはいえ、大振りはしない。あくまでもモーションは小さく、スキはなくだ。

なぜなら重要なのは……一撃でやられないことだ。

――ザクッ！

オスカーがこちらに剣先を向けてクルクルと円を描くような動きをする。

フェンシングの動き？　と思った瞬間、オスカーが赤い視界の側に消えて左目に激痛が走る。

「ぐわあああああああああ！」

猛烈な痛みに剣を無茶苦茶に振り回してしまった。

オスカーはそれを躱《かわ》すために余裕を持って後ろに飛び退いた。

オスカーの木剣の先には潰れた俺の目があった。

くっそ。こいつやっぱり俺を殺してもいいと思ってるな。まずは目を不具にしてやったってことかよ。

俺は片目でも、一見同情しているような顔のオスカーの口角が上がっていたのを見逃さなかった。

会場にももはや歓声はない。

それどころかスネイルとイアンが叫ぶ。

「やめろーーーーっ！」

クレアは口唇の端を血が流れるほど噛《か》み締め、くんだ腕には爪が食い込んでいるように見えた。

きっとクレアは直感で俺が勝つと確信したのだが、この情けない結果に驚いているのだろう。

マチルダ先生が慌てて俺達の間に入った。

「お、お前、もう降参しろっ！」

それでも決闘法で戦いを終わらせられるのは、相手を立てなくした勝者か、負けを宣言した敗者だけなのだ。

「降参したほうがいいぞ」

降参を勧めるオスカーの本心は知っている。

多くのギャラリーの前だから降参しろと言っているだけで、本心はその逆だ。

「ふっまだまだですよ」

オスカーがニヤリと冷たく笑う。

木剣の先に刺さる俺の左目を振り払った。

俺の血塗れの左目はコロコロと転がり、止まったところでオスカーが踏み潰した。

またざわめき出していた観客だったが、あまりの光景にシンッとしてしまう。

だがその静寂をかき消す俺の名が聞こえた。

「ジィーーーーーーーーーンッッッ！！」

クレアが叫ぶ。

いつものポーカーフェイスを歪《ゆが》ませて目の端からはポロポロと光るものが落ちていた。

心のなかでクレアに「心配させてごめんな」と謝る。

けれど、ここからが本当の勝負だ！

「オスカー……」

「ん？　ちっ、なんだ降参か？　まあゼロ能力者がよくやったほうだ」

「いや……ここからが勝負、ループ地獄のはじまりさ」

「アハハハ。地獄？　それならお前がもう見ているじゃないか」

「あぁ、地獄は最初に俺が見て、最後はお前が見ることになるっ！」

そして俺はスキルを発動させた。

「ロード」

【フランシス王都、軍学校校庭。ロードしました】

◇◆◇◆◇

木剣で喉《のど》に穴があけられるほどの突きをくらう。

「ジーーーーーーーンッッ！！」

またクレアの悲鳴を聞くことになった。

やはり彼女はポーカーフェイスを歪ませて目の端からはポロポロと光るものを落としていた。

クレアの悲鳴と涙は百回目でも辛い。

もう数えられなくなっているから実際には百回以上だろう。

そんなことを考えているとオスカーが追撃の構えをとる！　ヤバイ、スキル発動！

【フランシス王都、軍学校校庭。ロードしました】

「では、木剣による試合をはじめる。勝利条件は相手を立てなくするか、もしくはどちらかの敗北宣言だ」

マチルダ先生からルール説明も百回以上聞いた。

それでも俺はオスカーに攻撃をかすらせることすらできなかった。

「はじめ！」

オスカーが俺を見て馬鹿にしたような顔をする。

「おいおい、戦う前だっていうのに大丈夫かい？　ゼロ能力者くん」

「う……うるせぇ」

こっちは今しがたお前に喉に穴を開けられたばかりなんだよ！

身体の痛みと恐怖は消えても、記憶には残っている。

もちろんクレアの叫びと涙も。

——それにしても、誤算だった。

最初、オスカーとの戦いはいわば『覚えゲー』になると俺は思っていた。

『覚えゲー』とはシューティングゲームでよく使われる言葉だ。

あまりにも敵の攻撃が激しい場合、死にながら敵の攻撃パターンを覚えて攻略していくというものだ。

自分の場合は死んだら終わりだが、ともかく防御と回避に徹してオスカーの攻撃パターンを見極めようとした。

結果、たまに外すこともあるが、攻撃を先読みすることは概ね成功するようになっている。

だが、それでもどうにもならなかった。

パターンを覚えて先読みしても、自分のスピードがオスカーのスピードに間に合わない。

地力の差が有り過ぎたのだ。

「ぐわっ！」

またオスカーの攻撃を肋《あばら》にくらってしまう。

奴の攻撃を読んでいて、しかも防御と回避に徹しているにもかかわらず。

イヴァの世界では戦闘系スキルが上がれば身体能力も上がるのだが、ロードすればスキルレベルを上げるための経験は消えてしまう。

だからスピードの差が一向に縮まらない。攻撃パターンを覚えて、先読みできてもそれを生かせない。

「カンだけは鋭いな。ゼロ能力者くん」

「くっそ……攻略方法のない覚えゲーとかどんだけクソゲーなんだよ⁉」

「覚えゲー？　クソゲー？　なにを言ってるんだか。アハハハ！」

オスカーはスキの小さい斬撃を連続で繰り出してきた。遊んでいるんだろう。

こっちはクソゲーだが、オスカーにとっては最高に楽しめるゲームのようだ。

クレアの言葉でオスカーが油断してなかったら、もう本当に死んでいたかもしれない。

オスカーがこちらに剣先を向けてクルクル円を描くような動きをする。

来るぞ！　目だ！

「ぐわあああああああああ！」

やはり読めてはいたが、防ぐことも躱すこともできなかった。

また右目で、自分の左目を見ることになる。

どうすりゃいいんだ。ロードして戦う前に土下座でもして謝れば良いのか？

そうすりゃこんな痛い目に遭うこともないし、最悪致命傷を負って死ぬこともない。

「ジーーーーーーーーンッッ！！！」

またクレアの叫びを聞いて、涙を見る。

これを見る度に思う。

クレアのいつも人を食ったような態度は仮面ということが。

そして俺を本当に思ってくれていることを！

くそおおおおおおおおお！　目をくり抜かれるのがなんだ！　喉を潰されるのがなんだ！　絶対に防ぐことも躱すこともできない攻撃をしてくるからなんだってんだ！

百回血反吐を吐いてダメなら……千回だって吐いてやる！

「ロードオオオオオオォォォ！」

【フランシス王都、軍学校校庭。ロードしました】

「おいおい、戦う前だっていうのに大丈夫かい？　ゼロ能力者くん」

「うるさいオスカー！　俺はこのループ地獄をくぐり抜けてクレアを笑顔にするんだ！」

ポーカーフェイスのクレアが驚いて目を丸くした。

「ジ、ジン……急になに言ってるのよ？」

「待ってろよ！　俺は絶対に諦めないからな！」

【フランシス王都、軍学校校庭。ロードしました】

◇◆◇◆◇

…………………………

…………………………………………

…………………………

…………

……もう何千……いや一万回ぐらいロードしただろうか？

「戦う前から死人のような顔色だぞ。ゼロ能力者くん」

「……」

黙れと言い返したかったが、それすらできない。

ロードによって身体は元に戻っても、損傷の記憶で気力は根こそぎやられている。

あるのは、ただただクレアの泣き顔を笑顔にしたいという思いだけだった。

オスカーの木剣が弾丸のように迫った。

この攻撃は頭をかすめるだけなんだけど躱せないんだよなあ。

流れる血で左目の視界が赤く染まってさあ……。

「ほう。よく躱したな」

え？　躱し……た？

そんな馬鹿な!?　何千回とループして躱せないって判断した攻撃だぞ？

「ふっ。どうやら躱した君のほうが驚いてるみたいだな。まぁ、こっちは加減してるがな」

　オスカーがこちらに剣先を向けてクルクル円を動かすような動きをする。

　このフェンシングのような動きで何百回、左目をくり抜かれたか……。

「ぐあああああ！」

　激痛！　だが左目じゃない⁉　左耳⁉

「今のは左目を狙ったんだがな」

　どういうことだ？　何千、あるいは一万回ロードしたって言うのに躱せなかったんだぞ。

　一万回のロード？　ひょっとして……。

「あっ！」

「ん？　どうした？」

　オスカーが俺を訝《いぶか》しげに見る。

「そうか。そういうことか！　ハハハ！」

「……耳をちぎられて狂ったのかね？　ゼロ能力者くん」

　観客も俺が狂ったかと思ったらしい。

「お、おい。アイツやばいぜ⁉」

　クレア、スネイル、イアンは今にも決闘を止めたそうだった。

「クレア！　スネイル！　心配するな！　それより俺の【ロード】スキルを見てくれ！　早く！」

鑑定スキルを持つ二人に叫んだ。

二人は最初は訳が分からないという顔をしていたが、すぐに驚きの顔に変わる。

それを見て俺は確信をした。

「なにを言っている？　ゼロ能力者のゆえんたる能力を見たところで」

「オスカー。なんなら、お前も見てみるといいぜ」

「そんなこと必要あるかぁ！」

オスカーがまた突きを放つ。

今までなら確実に喉笛《のどぶえ》に穴を開けられていた。

辛うじて躱すが逆に頸動脈《けいどうみゃく》をやられでもしていたら危険だ。

意識を失う危険性を考慮して俺はすぐにスキルを発動させた。

【フランシス王都、軍学校校庭。ロードしました】

オスカーの剣が今までより、ハッキリ見える。

そして躱せる！

「まるで俺の剣を見てきたかのように躱すね」

「実際見ているからな」
【フランシス王都、軍学校校庭。ロードしました】【フランシス王都、軍学校校庭。ロードしました】【フランシス王都、軍学校校庭。ロードしました】
……【フランシス王都、軍学校校庭。ロードしました】
…………【フランシス王都、軍学校校庭。ロードしました】
……………………【フランシス王都、軍学校校庭。ロードしました】
……………………………………【フランシス王都、軍学校校庭。ロードしました】
ロードとロードの間隔が拡がっていく。
オスカーの攻撃を躱せるようになってきたからだ。
もう先読みすればオスカーの攻撃を完全に躱せる。
「何故だ！　何故当たらん!?　お前の【剣戦闘】スキルは【上】になったばかりだろう？　私はもう【極】にすら届きそうなんだぞぉ！！」
「お前も人物鑑定スキルか人物鑑定できるマジックアイテムがあるんだろ？　見てみると良いぜ！」
何十回か前のループでは、オスカーのやつはそんなことは必要ないと言っていたのに、慌てて懐から【人物鑑定の水晶】を取り出して使った。

「な、なに？　【剣戦闘・上】の四段階目だと？」

四段階目か。へへっ。まさかそこまで上がってると思わなかった。

せいぜい三段階目だと思ったんだけどな。

だがオスカーが本当に見るべきスキルはゼロ能力者と馬鹿にする【ロード】のほうだろう。

何千、あるいは一万と使った【ロード】は、技能スキルの経験を引き継げるように進化したのだ。

考えてみれば【剣戦闘】スキルも剣を使っていれば、上がっていくのだ。

「う、嘘だ！　お前の【剣戦闘・上】は一段階目だったハズだ！　俺のすぐ下の段階などあり得ない！」

オスカーがこちらに剣先を向けてクルクル円を描くような動きをする。

「そいつはもう百回以上は見たぜっ！！」

俺の体がほとんど勝手に動く。そして……。

「ぐわあああああああ！」

叫び声が響き渡った。

オスカーの剣は……俺の左耳の真横の空を突いた。

そして俺の身体と記憶に刻まれた経験は……無意識にオスカーの目を真っ直ぐにカウンターで突き刺していた。

「ぎゃあああ！　痛い！　痛いいいいいいいいい！」

木剣をオスカーの目から抜く。

「どうだオスカー……降参するか？」

「す、するに決まってるだろ！　降参する！　痛いいいいいいいいいいい！」

「俺はそれを何百回と味わったよ」

マチルダ先生が叫ぶ。

「しょ、勝負それまで！　オスカーを早く魔法医務室へ！」

場は騒然となって、しばらくするとほとんど人が消えた。

俺は崩れ落ちるように校庭に大の字になった。

未だに傷を負った痛みと恐怖の記憶は薄れていない。

「無傷で余裕だったわね。私の言うとおりだったでしょ」

ポーカーフェイスに少しだけ微笑みを携えたいつものクレアが俺を見下ろしていた。

そりゃクレアからしてみたらそう見えたに違いない。

それで満足だ。クレアの泣き顔なんて見たくない。

俺は目を閉じる。

「ああ、余裕だったよ。そして……なんの苦労もないさ……」

クレアのいつもの笑顔が見られて本当に良かった。

そう思った時、目を閉じた顔に暖かい水がパラパラと顔に当たる。

「雨？」

目を開くと笑顔のままで目から涙を流し続けるクレアがいた。

「クレア……泣いてるのかよ……」

「え？　アレ？　アレ？　私どうしちゃったんだろう？　ヤダッ！」

クレアは笑顔を崩して子供のように号泣した。

俺の体に倒れ込んで胸に突っ伏して泣き続ける。

スネイルとイアンはなにがなんだかわからないという顔をしていた。

「なんで泣くのさ……クレアの笑顔のために……すげえ頑張ったのにさ……」

「だって私……何度も……何度も……何度も……数え切れないぐらいジンのことを心配して……謝って……謝って……謝って……」

「へへへ。そんな心配することがどこにあったんだよ」

「なんだかそんな気がするのっ！」

やはり奇跡は誰かの情熱が起こすらしい。

「良いんだ。そんなことは考えないで……代わりに笑顔を見せてくれよ」

頭を撫でながら優しく言ってもクレアはしばらく号泣し続けていたが、急に俺の胸から顔を離す。

いつものクールな微笑ではなく、子供のように無邪気な笑顔があった。

【剣戦闘・上】
1：数年以上の訓練。　↑今までのジン
2：一人前と言われる。
3：多くの人から剣の腕を褒められる。
4：剣のプロとして生きる人も現れはじめる。　↑NEWジン
5：剣の手練れとして認識されたり、噂されはじめる。　↑オスカー

---

⑤　新しい生活

俺の木剣が対戦者の手首を打つ。

「ぐわっ！」

対戦者が痛みに耐えかねて木槍を落とす。

彼が木槍を拾い上げようと身をかがめた首筋に木剣をそっと添えた。

「降参してください」

「わ、わかった降参する！」

その瞬間、軍学校のマチルダ先生が俺の勝利を宣言した。

「それまで！　秋の武術大会、優勝者はハーゴ村のジン！！」

これで王都騎士団に入るための軍学校に通えることになる。

武術大会には本人がいうようにオスカー以上に強い参加者はいなかった。

だから強くなった俺は【セーブ&ロード】を一度も使う必要がなかった。

あの戦いはまだかなりのトラウマになっているので、正直ホッとしている。

「オオオオオォォ！」

「あのゼロ能力者マジで無傷で優勝しやがった！」

「結構カッコイイかも……」

俺の勝利に歓声があがる。

オスカーとの戦いの観客は軍学校の生徒しかいなかったが、武術大会は王都の市民も観戦に来ている。

中には騎士団への入団を夢見ながら、あまり強いスキルが得られなかった市民やゼロ能力者と蔑まれている者もいるだろう。

だからか、好意的な応援も多かった。

「おいおい！　先越されちゃったぜ！」

「やったね！　ジン！　俺もまだ学校に入ったばっかりだから同じクラスになれるかも！」

校庭に作られた仮設の闘技場から降りると、スネイルとイアンがすぐに駆け寄ってきた。

「スネイル、イアン。ありがとう」

スネイルはなんだかんだ要領がいいから【全鑑定・上】スキルの評価もあるし、問題なく入学試験に合格するだろう
三人で王都騎士団に入れることを喜びあっているとスネイルが言った。

「あれ？　クレアさんは何処行ったんだ？　さっきまでお前や俺達を応援してたのに！」

イアンも首をかしげる。

「そうだね。準決勝までジンが勝っている姿を見て喜んでたのに」

二人が観客の中にクレアの姿を探そうとする。

多分……いない。

「宿に戻ったんじゃないかな？」

二人が顔を見合わせた後にスネイルが俺に言った。

なんで帰るんだ？

「いや実は……ちょっと気まずい雰囲気になっていて……」

◇◆◇◆◇

気まずい雰囲気と言っても喧嘩をしているわけではない。

オスカー戦の後、俺はクレアと安宿に入ってベッドに倒れ込んでしまった。

致命傷に近いダメージを何度も受けた記憶が、俺の精神を限界まで消耗させたらしい。

何十時間も寝てしまった。

そこまではいい。けど、なんだか気持ち良いものを感じてふと起きると、クレアの口唇が俺の口に触れるか触れないかという距離にあった。

彼女は俺が起きたことに気づいて慌てて離れた。

それからというものの、クレアとはほとんど話せていないのだ……。

でも俺はクレアに話さないといけないことがあるのだ。

「ただいま」

「あ、おかえり」

安宿の部屋に戻るとやはりクレアはいた。

あの日、クレアは消耗した俺を運ぶようにこの宿まで連れてきてくれた。

それから三日間、ここに住んでいる。ちなみにこの部屋は座る場所はベッドしかなく、しかも一つしか無い。

クレアが借りた部屋はツインルームではなかった。

端と端に背中合わせで座る。寝る時も俺らはそんな感じだ。

おやすみぐらいはいうが、会話はほとんど無し。

「優勝したよ」

「知ってる。おめでと」

「うん」

「夢……叶うね……」

「かな」

俺がクレアに話さないといけないことは、この安宿のこともあった。

実は軍学校に入学すると大半の者は無料ということもあって寮に入る。

王都に自分の家を持つ小金持ちの子弟だったり、屋敷を持つ貴族の子弟はそこから通うこともあるが、基本的には寮暮らしだ。

妻帯の学生もいるが、もちろん寮には妻を連れ込めない。妻でもない女性なら尚更だ。

そこで俺はクレアのことを真剣に考えて一つの答えを出した。

「俺さ。クレアのおかげって言うかルーレットでお金もあるから、王都に家を借りようと思ってるんだ」

「え？」

「そこから通うから、今みたいにクレアも一緒に住まない？」

クレアが目を丸くして驚いてから、顔を下に向ける。

「ホント？」

「うん」

目から光るものが零れている。

「私、ジンも居なくなっちゃうだろうし田舎に帰ろうかと……」

「なんとなく、そんなこと考えてたんじゃないかなあと思ってたよ。ギャンブラーが他人に考えを読まれるようじゃ終わりだよ」

「もうっ！」

ベッドに押し倒された。

くっついてしばらく微睡《まどろ》む。

目を覚ますとクレアのやや切れ長の瞳が目の前にあった。

二人で少し笑い合う。

「私はサンパタ村の出身なの」

「サンパタ！　ひょっとして！」

「うん。ジンのご両親と同じ。私はお父さんだけだったけどね」

クレアが自分のことを語りはじめた。

サンパタは村と言っても交易の要所で穀倉地帯でもあるので、そこそこ発展していた。

村は魔族領やエルフ国に比較的近く、やはり八年ぐらい前に魔族とモンスターの侵攻を受けている。

俺の両親と同じということはその時に父親を失ったということだろう。

「ウチはまだ幼い妹と弟がいたのに母子家庭になったの」

そうだったのか。今まで散々苦労してきたのだろう。

「私は十八になっていたからスキルの神殿で良いスキルを貰って自活すればお母さんに迷惑をかけないで済むかなと……ひょっとしたら戦闘系スキルで騎士団に入れるかなって」

クレアがベッドのなかで剣を構えるふりをして笑う。

俺もつられて笑った。

「けど……実際に手に入ったのは【ギャンブル・極】だったんだ～。サンパタの村の酒場でたまに交易商の人にバイトでカードを配ってたからかな」

「あ～あ。交易商の人たちかわいそ」

「え？」

「交易商の稼ぎを根こそぎ奪ったんだろ？」

「もうっ！　村では配ってただけで賭けには参加してなかったの！」

きっと普通の女の子、いや、美人のクレアは村のアイドルとして育ったんだろう。

でも魔物が村を襲ってからは王都に来て一人で生きてきたのだ。

「はじめて会ったときからジンのことは可愛いし好きだなと直感したけど……オスカーと戦うまでは本気の本気じゃなかったと思う」

直感か。クレアらしい。

「だからどんなことでも気軽にできたんだけど、あの時から私の頭のなかがジンで一杯になっちゃって。素っ気なくしちゃったり、田舎に逃げようとしたり……ごめんなさい」

「でもなんでだよ。オスカーとの戦いなんか余裕だっただろ？　今日の大会と同じだよ」

クレアからしてみれば、最後のロードからの戦いしか見ていないのだから俺とオスカーの決闘は余裕の勝利だったハズだ。

それに彼女はあまり剣のことには詳しくない。

「ジンが騎士団に入団したいから決闘したって言っても私がけしかけたみたいになっちゃったし……それで何度も心のなかで謝ったの……」

「なんでだよ。俺はオスカーと戦いたかったんだし、助かったよ」

実際クレアのおかげで良い結果になった。凄く感謝している。

「わかんないよ。わかんないけどっ！　ジンだったら何度でも……何度でも……何度でも……私のことを絶対に助けてくれるって……そう思ったの……」

泣くクレアの頭を優しく撫でる。

あの時も思ったけどループの記憶がひょっとして僅かにクレアに!?

まさかとは思う。でも俺は奇跡を信じはじめていた。

「立派な団員になるから一緒に住もうよ」

「うん……うん……ありがとうね」

クレアは笑顔になって目端の涙を綺麗な指先でぬぐった。

「ところでジン。ルーレットの報酬をまだ貰ってくれてないよね。私のはじめて……」

「い、いや。それは～」

そうだ。俺はクレアを一晩自由にできる権利を持っていることをすっかり忘れていた。

「ふんっノリ気じゃないみたい。スネイルくんとイアンくんに聞いてるよ。随分と綺麗なお義姉さんがいるらしいね」

クレアが俺をジトッと見る。

「うっ……」

アイツら余計なことを！

義姉さんはあくまで義姉さんなのに。

「ウソウソ。私は現地妻でもいいから」

「現地妻ってそんな……」

「でもいいの？　ジンは十八歳で私二十二歳だよ」

「それについては俺は年上が……好きだから……」

「もう、ジンって結構口が上手いよね。ふさいじゃうんだから……」

クレアが俺の口唇に自分の口唇をあわせてきた。

この日から俺は一緒のベッドで普通にクレアと寝られるようになった。もちろん家を借りて一緒に住むことにした。

◇◆◇◆◇

絡みつくクレアの腕をどけて、そおっとベッドから降りる。

もちろん彼女を起こさないためだ。

窓からの月明かりで照らしながら手紙を書く。

「無事、騎士団の軍学校に入れました。だから村に帰るのは学校が連休になってからです。それとお金を送ります、と」

俺はエリス義姉さんに手紙を書いていた。

「彼女ができましたって書かなくていいの？」

「ダメダメ心配しちゃうからね」

「へ〜心配させちゃうような彼女なんだ、私」

「ギャンブラーで、しかも四歳も年上の二十二歳とか言ったらエリスは卒倒しちゃうよ。

もしかしたら王都に来ちゃうかも。わっ？」

クレアがいつの間にか後ろに立っていた。

「どうしてこんな夜に隠れるように手紙を書くのよ？」

「いや、それはなんとなく」

「も～それになにその文面。素っ気ないなあ。私が書いてあげる」

クレアが勝手に俺が書いていた手紙をとる。

「『エリス愛してる』からはじめて学校のくだりの後に『しばらく会えなくて寂しいです』って付け加えて～」

「ちょっちょっと！」

勝手なことを書き加えた。

「あ～紙も高いのにこれじゃあ書き直しだよ」

「なんで書き直しなの？　弟が姉に出す手紙として普通じゃない。きっと私の弟も私のことをこれぐらいは……」

「そ、そうかな～？　まあでもこれでいいか」

確かにこっちのほうがエリスも喜びそうではある。

「うんうん」

「じゃ、寝ようか」

二人でベッドに入る。

クレアが妖しく笑った。

「ねえ？　ジンはお義姉さんと寝てたって言ってたよね」

「そうだけど」

「どんな風に寝てたの？　私もおんなじ事してあげる」

「ど、どんな風って普通だよ。普通に寝てるだけさ」

「嘘っ！」

「本当だよ」

「王都に旅立つ日の前の夜は？」

王都に旅立つ日の前の夜？　別にいつものように一緒に寝ただけ……。

「あっ」

「ほら～やっぱりなにかしたんでしょ～言ってみなさい！」

「べ、別に抱きしめられただけだよ」

「抱きしめられた？　どんな風に？」

俺とエリスがしたことをクレアに教える義理はない。明日だって学校があって早いのだ。

無視して寝よう。
けど言ったらやってくれるんだろうか。
一応、試してみるか。後でちゃんとロードして無視して寝るし！
良し……コホン。
【フランシス王都、貸家ベッド内。セーブしました】
「どういう風に抱きしめられたの？」
「お、俺の頭を……両腕で包み込んで……胸を押し付けるように……」
そういうとクレアは寝てる位置をずらして胸を俺の顔の前に持ってきた。
クレアの両腕が優しく俺の頭を包み込む。
ふわふわした感触が俺の顔全体を包み込む。これは気持ちいい。
そうじゃなくていけない。
こんなことロードして無かったことにして、無視して寝るぞ。
ロードするぞ……。ロードする……ぞ……。ロード……Ｚｚｚ。

◇◆◇◆◇

「で、あるからして、我が各王都騎士団の階級は騎士団司令、各騎士団長、師団長と続く。

そして大隊長、小隊長、騎士長・兵士長、騎士・兵士、見習い騎士・訓練兵、となっているわけだ。君達はまずは訓練兵ということになる」

昨日の夜の柔らかさを思い出しながら、俺は王都騎士団の階級についての講義をうけていた。

いかんいかん。まだ本格的に学校がはじまって二日目だぞ。

ちなみに『見習い騎士』と『訓練兵』はキャリアとノンキャリのようなものだ。

高貴な貴族の子弟や優秀な戦闘系スキルを女神から得たものは、見習い騎士から騎士、騎士長と進んでいき、出世も早い。

一方、俺のようなゼロ能力者は訓練兵から兵士、兵士長と進んでいき、出世も遅く、せいぜい小隊長止まりになる。

「このクラスのものは皆訓練兵になる。ワシのように早期引退して教官になる道もあるし、軍人年金も出るぞ」

冗談じゃない。俺は出世して軍事作戦の決定にも加われるような階級になるんだ。

ダメだったら……騎士コースに入ったイアンに出世してもらおう。

そしてイアンの部隊に入隊して俺やクレアの村のような魔族領に近い村を守ろう。

座学の授業は戦闘の授業ほど熱心に出来なかった。

「ところで諸君らのなかで辺境偵察騎士団を志望するものはいるか？」

お、俺のことだ。

ビッと手をあげる。他も数人手をあげた。そのなかにはスネイルとケイという女の子もいた。

軍学校は常に人をとっているためクラスは全員同期だ。スネイルも無事入学試験をパスして俺と同じタイミングで入学の運びになった。だから同じクラスだ。

ちなみにケイはなんの戦闘スキルも持っていなかった。スネイルは一応弓を使っていたことがあって表示スキルまでにはなっている。

その場合は大体剣を渡されて、よほど才能が無い限りは【剣戦闘】を鍛えていくことになる。

必然ケイはクラスでもっとも【剣戦闘】レベルが低く【剣戦闘・非表示】だった。

しばらく、クラスでもっとも【剣戦闘】レベルが高い俺が面倒を見ることが多かった。

正直、もっともっと強い人と訓練して【剣戦闘】レベルを上げたかったけど、そんな人はこのクラスには居なかったし、彼女は俺よりも頭一つ小さくて、直向きで、いつも稽古後に「ありがとうございました」とお礼を言ってくれる。

悪い気はしない。

そんな彼女が前線で魔族と戦う辺境偵察騎士団を選ぶのだ。必死で頑張らないとなあと思う。

きっと辺境偵察騎士団を志望することで教官から素晴らしい訓示を貰えるに違いない。

「お前ら……ここだけの話だけどな。一番給料が多いから、という理由で辺境偵察騎士団を選んでるなら辞めとけ。危険手当分が増えているだけだから」

期待とは真逆の言葉が出てきた。

まだうちのクラスが本格的にはじまってから二日しかたってないというのに、やる気を奪ってくれる……。

「よし、それじゃあ昼飯だ」

午前中の授業が終わってお昼休憩になる。

学校の食堂にクラスメートと向かう。

男女共学なので三分の一ぐらいは女の子だ。

俺は入学から優秀な先輩を破って入学したゼロ能力者として注目されていた。

結構、声をかけてくる女の子も多い。

「ひっひっひ。いいぜいいぜ！　俺達と一緒に食おうぜ。えっ？　なんでどっか行っちゃうの？」

それをスネイルが毎回蹴散らしてくれていた。

早く強くなることに集中したい俺にはありがたかった。

「ね、ねえ。ジンくん、スネイルくん一緒にご飯食べていいかな？」

「お、おう。もちろん！　なあジン」

「うん。いいよ」

「わあ。ありがとう」

ケイは嬉しそうに俺達と一緒にテーブルに座った。

こんな俺より頭一つ小さくて、パンを両手で掴んで食べるような子が軍人なんか務まるんだろうか？

軍学校は最低限の軍事知識を学び、戦闘訓練をする学校だ。魔族と戦い続けているこの国はいつも兵士不足。だから三ヶ月間の学校での訓練が終わったら即配属されてしまう。

「なあ。ケイってなんのスキルで軍学校入ったのさ？」

ついケイの身を案じて、俺は聞いた。

「えっへん。聞いておどろくなかれ！」

ケイが急に立ち上がって無い胸を張る。

なんだ？　よほど便利なスキルを持っているのだろうか？

「ボクは女神エリス様から【火魔法】を授かったんだ」

「なっ？」

魔法系はかなりのレアスキルだ。

魔法の才能ばかりは武器スキルと違って元々のセンスがないと伸ばしにくいとされている。

【剣戦闘】は誰からも教わらなくても、拙《つたな》くとも使っていれば、そのうち表示スキルになる。

しかし基本形がない魔法系は伸ばすことができない。

「ええええええっ⁉」

スネイルの驚き方は尋常ではなかった。

確かに驚くけどスネイルの【全鑑定・上】と比べれば、希少度も価値も低い。

なにをそんなに驚いているんだろうか？

スネイルが聞いた。

「ケ、ケイ。ひょっとしてお前『ボク』ってことは男？」

え？　なんだって？

「男の子に決まってるだろ！　馬鹿にしないでよっ！」

ケイは地団駄を踏んで怒っている。

お、男だったのか……。

⑥　光の剣と闇の剣

既に俺が軍学校に入学して二ヶ月が過ぎようとしていた。

このころになってやっとケイの【剣戦闘・非表示】スキルが【表示】スキルになった。

ケイの剣の教官役が放免となる。

俺は今までクラスメイトの指導役をやっていたことを理由に、学内の【剣戦闘】スキル上位者に剣を教えてもらえないか交渉していた。

入学二日目に講義していた座学の指導教官が俺に話しかけてきた。

「マチルダ先生がお前に教えてくれるそうだ」

「マチルダ先生？　ああ、あの……オスカー……先輩との決闘に仲裁に入ってくれた？」

ちなみにオスカーはもう卒業して騎士団に入団したようだ。

期間が三ヶ月の学校なので入れ替わりは激しい。

「なんでもお前の戦いぶりに感心したそうだ」

強いんだろうか？　女の先生だし、それほど強そうに見えなかったけど。

「あ、お前。マチルダ先生が本当に強いか疑っているだろう？」

「いや、そんなことは……」

「『地斬《ちぎ》りのマチルダ』って聞いたことないか？」

まさか。マチルダなんて名前は何処にでもいるけど、あの地斬りのマチルダだったのか⁉

地斬りのマチルダって言ったら究源流《きゅうげん》の有名人だ。

究源流といえば正当剣技の一大流派で門弟も多い。

そしてなにより【極】の二段階目といえば奥義が使える。

「ありますよ……奥義の衝撃波で大地を斬ったとか」

「そうそう。お前も見せてもらうといいよ」

「見せてくれるんですか⁉」

「そりゃ剣を教えてくれるって言うんだから見せてくれるんじゃないかな？　ま、俺は見たくないけどな」

「？」

この教官はなにを言ってるんだろう。

戦闘系スキルの奥義なんて見ようとしたってなかなか見られるものじゃないんだぞ。

ともかく俺は午後の実践訓練の時間、マチルダ先生から剣を教えてもらうことになった。

「あ～ジンくんね。お久しぶり」

食事を終えて校舎の玄関でマチルダ先生に会う。

「よろしくお願いしますっ！」

「ふふ。そんなに固くならなくていいから。こちらこそよろしくねっ」

マチルダ先生は優しかった。

一応、ここは軍学校なので態度がハキハキしていないと殴ってくる体育会系の教官もいる。

しかし、マチルダ先生は優しいだけでなく胸も大きい。ボブカットで左耳を出しており、ワンポイントのイヤリングをしていた。

こんな先生からマンツーマンで剣を教えてもらえるのはありがたい。

「とりあえず山に行きましょう。直帰の許可は貰ってるからね」

軍学校を出て、王都外部の山に向かう。

その間は二人で黙々と走った。

イヴァ世界では戦闘系のスキルが上がれば、身体能力が上がる。俺ですら短距離走のようなスピードでマラソンの距離を走ることが出来るが、先生にはまったくついていけなかった。

「ほらほら。ジンくん！　頑張って！」

山を走りながら背中を押される。

ううう。強くて優しい、良い先生だなあ。イアンが決闘の仲裁につれてきたこともわかる。

先生が連れてきた山は険しい山だったが山頂が平らで広くなっていた。

リングのようになっていると言っても良いかもしれない。

「じゃあ訓練をはじめましょうか？」

「せ、先生、その前に！」

「なーに？　ジンくん」

「お、奥義を見せてもらえないでしょうか？」

マイナーな流派や我流で奥義を練り上げた人は基本的に奥義を隠す。なぜなら見られると対策を打たれてしまう可能性があるからだ。

一方、先生の究源流は奥義が出来る人もそこそこいるし、さらに汎用性の高い技だ。見せてくれるのではないだろうか？

「いいわよ」

やった！　究源流の奥義は上段に剣を構えて振り下ろすという剣の基本動作を極限まで突き詰めたものだ。

ただしその威力は通常の打ち下ろしの比ではない。

先端からは衝撃波が発生し、離れた敵をも攻撃する。

もちろん剣が直撃すれば、威力は何倍にもなる。

俺はほくそ笑んだ。

【フランシス王国、コレル山山頂。セーブしました】

よっし！　これで先生の技を何百回でも見れる！

「よく見とけよ！　コゾー！！！」

「えっ？」

ほとんどセーブをしたと同時に先生の怒声が聞こえた。

振り向くと目は釣り上がり、歯を肉食獣のように見せながら食いしばっている。

瞬間、衝撃波でふっ飛ばされた。そんな馬鹿な？　正面にいたわけでもないのに⁉

俺の身体は山頂のリングの外に浮いていた。

「あ、ごめんね。でも元々突き落とすつもりだったから」

先生の剣は既に腰の鞘《さや》に戻っていて、さっきの悪鬼の顔から女神の顔に戻っていた。

だが俺は重力に引き込まれて山の崖を転がり落ちて行く。

「ぐわあああああああああ！　いでででででぇ!!」

「直帰していいからねぇ～」

「ロード！」

【フランシス王国、コレル山山頂。ロードしました】

先生の剣なんか見てる暇はない。

ともかくどこかに隠れなっ……。

「よく見とけよ！　コゾー！！！」

ぐわっ!!

ロードしてすぐに衝撃波で山頂から弾き飛ばれた。

「直帰していいからねぇ～」

「ロード！」

【フランシス王国、コレル山山頂。ロードしました】

「よく見とけよ！　コゾー！！！」

剣の正面でなくてもふっ飛ばされるほどの威力があるとは。

どうやら俺は先生の奥義の衝撃波から絶対に逃れられないタイミングで【セーブ】して

しまったようだ。

あれだけ『詰みセーブ』には気をつけていたのに、奥義見たさについやってしまった。

しかも肝心の奥義はレベル差があり過ぎて見ることもできず、ふっ飛ばされるだけ。あのやる気のない教官が見たくないと言っていたのを思い出す。

どうやら山頂から転がり落ちることは覚悟するしかなさそうだ。

「直帰していいからねぇ～」

崖とはいえ辛うじて斜面にはなっている。

ただし岩や木が無数にある。

それを剣ではじきながら転がり落ちていく。

そのことだけに必死だったから分からなかったが、どうやらコレル山の裾野は森になっているようだ。

「ぎゃふっ」

枝と葉のベッドに激突した後に、森の地面に落ちる。

「どうやら死んじゃいないようだ……」

しかし、信じられない。もし【剣戦闘】スキルが今より少しでも低かったら死んでたかもしれないぞ……。

「うっ！」

左の足首を捻挫したか、あるいは骨にヒビでも入ったのかもしれない。

左足に体重をかけると猛烈に痛む。

「くそっ、なんて教師だ。直帰しろとか言ってたな。家に帰ってクレアに治療してもらおう……え？」

ふと周りを見回すと自分がモンスターの群れに囲まれていることに気がついた。

「イビル……ウルフかよ……」

集団で人間を襲うモンスターだ。

何十頭といる。今の自分だと万全の体制でも逃げ切れるかどうか。

ど、どうする？　ロードするか？

でも崖から落ちることは避けられない。死ぬ確率は低いと思うけど、もっと大きな怪我を負う可能性もある。

やるしかないか。

「来い！」

イビルウルフが一斉に襲い掛かってきた。

わずかな隙を利用して間合いに入ってきたウルフを斬り殺していく。

それでも真後ろから来るウルフはどうにもならない。

右足首に噛みつかれてしまった。

「ぐっ……くそっ！」

「キャンッ！」

右足首に噛み付いたウルフを斬り払う。

噛まれた所から大量の血が出る。

そこからはウルフの群れは近づきもせず、離れもせず、攻撃をしてこなくなった。

「ありがたい。怖気づいたみたいだな。休ませてくれるのか……？」

しかし、その考えは間違いだった。

いまや目を開けていることすらつらい。

どうやらウルフ達は俺が出血で弱るのを待っていたようだ。

噛まれた段階で逆にこっちから斬り込んでいかないといけなかった。

「くそっ！」

左足の捻挫、右足の出血と怪我の痛みを堪えながら、こちらからウルフの群れに斬り込んでいく。二、三匹殺ったところで、ついに俺は痛みで倒れてしまった。

「ロードがあるから、いいものの……」

ウルフがにじり寄ってくるのを見ながら、マチルダはとんでもない教師だなと思っていた。

ウルフの牙が首筋に迫る。ロードを使おうとした時だった。

天から稲妻のようにそれは降ってきて、ウルフの頭を串刺しにして地面に突き刺さった。

「剣っ⁉」

そのコンマ数秒後には俺の隣に若い女性が落ちてくる。

「大丈夫？　ジンくん」

「マチルダ先生？」

「あのね。もうね。ジンくんぐらいの技能レベルになると、ギリギリの戦いのなかでモンスターを山のように斬らないと中々レベルがあがらないの」

それでこれか……。

でも一応、山頂から俺を見守ってくれていたらしい。

「それと先生、剣を手に取ると性格が変わっちゃうの」

「へ？」

先生が大地に刺さった剣をつかんだ。

その瞬間ウルフがバラバラになる。

「おい！　糞犬ども！　私の可愛い生徒によくもやってくれたなあ、ゴラ！」

ウルフの群れがジリジリと下がる。明らかに本能的な恐怖を感じたんだと思う。

安全マージンが確保されている修行なら、どんなに厳しくてもセーブ＆ロードに持ってこいだ。

先生が鬼のような顔でウルフの群れを蹴散らしている時、俺は安心してロードした。

◇◆◇◆◇

結局、五十四回目のロードで先生の力を一切借りずに森を抜けることができた。

イビルウルフを二十頭ぐらいしとめると、向こうのほうから去っていったのだ。

森を抜けると先生がいて平謝りしてきた。

さらにロードすれば修行になるのかもしれないけど、先生にお詫びのしるしに平地で奥義を見せてあげると言われたことで俺の精神力のほうが尽きてしまった。

早く家に帰りたい。

「ただいま～」

「おかえりなさい～って、どうしたの？　その傷？」

「軍学校の訓練で」

「買ってあるポーション使うわね」

「ありがとう」

クレアは心配そうにしてくれるが、今回は打撲や擦り傷しかない。

五十三回目までと比べたら笑っちゃうような傷だ。

最後だけ急に崖から落ちる時の岩や木、ウルフの動きが見えるようになった。

だから怪我もそれほど負わずに済んだ。

「あ、あれ？」

「どうした？」

俺の頭にポーションをふりかけていたクレアが急に驚く。

「ジンの【剣戦闘】五段階になっているよ！」

「え？」

クレアの【人物鑑定】を信じられないわけではなかったが、買い置きしていた【人物鑑定の水晶】を自分に使う。

「もったいない〜」

「いいんだよっ」

かなり高い上に、スキルレベルが高い人物には百パーセント成功するわけではない、一回失敗して二回目に水晶は俺の【剣戦闘・上】が五段階になっていることを映した。

「よおっし！　そろそろ次はついに【極】だ！」

「ううう。私の【ギャンブル・極】が追いつかれる～……もっとゆっくり強くなってもいいのにぃ」

どうやらマチルダ先生の教え方はセーブ＆ロードを持つ俺には最高にあっていた。

あの二重人格だけはなんとかしてほしいけど。

【剣戦闘・上】
4：剣のプロとして生きる人も現れはじめる。　↑今までのジン
5：剣の手練れとして認識されたり、噂されはじめる。　↑ＮＥＷジン
【剣戦闘・極】
1：山のように魔物や人を斬らないと到達しないと言われる。冒険者ギルドや傭兵ギルドで剣士として確実に噂される。
2：多くのものが剣の奥義を開眼する。　↑マチルダ
3：自分の流派を開くものが現れだすレベル。
4：非常に才能に優れている剣士が老齢になって運良く達することができるかどうかかと

いうレベル。

５：基本的に人類の限界

【剣戦闘・神】

１：全ての種族を入れても世界に二、三人しかいないと言われるレベル。

◇◆◇◆◇

「な～に読んでるの？」

「ああ、『剣伝録』だよ」

家に帰ってきてまったり本を読んでいたらクレアに話しかけられた。

「剣伝録？」

「うん。剣の達人、つまり【剣戦闘】スキル持ちのランキング本みたいな感じかな？」

「へ～例のマチルダ先生も載ってるの？」

「もちろん。下の方だけどね」

クレアが俺の首に腕を回して抱きつきながら本を覗いた。

「剣で一番強い人って誰？」

「よくぞ聞いてくれました！」

クレアは男心がわかっている。

「今の時代は、【剣戦闘・神】の一段階目が三人いるって言われている」

「言われている？」

「うん。わからないんだよ。鑑定スキルが高い人が鑑定しないと。クレアは鑑定スキルもってるんだから知ってるだろ」

「あ〜そうね」

実は【剣戦闘・神】を持っている相手には、鑑定スキルも同じレベルでないと正確な強さを測れない。

「それに三人共あまり人前に出てこないからね。ってかそもそも人じゃないし」

「人じゃない？」

「うん」

【剣戦闘】は人族じゃなくたって覚えることが出来る。魔族、竜族、エルフ族、ドワーフ族、獣人族。

様々な戦闘スキルがある中で【剣戦闘】スキルは人間の得意分野だが、トップは人間以外の種族で占められている。

「竜皇女エイリ。魔貴族のロード・ベルダー。ドワーフ王ヴォルグ。この三人だよ」

「そういうことか」

「彼らは寿命も長いし肉体も強い。だから戦闘スキルをあげるのに有利なんだ」

「なるほどね～。で、その三人の中の誰が一番強いの？」

クレアは俺が話したいことを聞いてくれる。

「良い質問だね～。剣伝録の順位では①ドワーフ王ヴォルグ②竜皇女エイリ③魔貴族のロード・ベルダーになっている」

「実際には違うの？」

「剣伝録は人が作ってる書物だから。人に友好的な種族ほど順位が高いんだ。だからロード・ベルダーが一番強いんじゃないかと思ってる」

「どうして？　ドワーフ王とか竜皇女エイリとかは私でも伝説を聞くわよ？」

「俺はロード・ベルダーが魔族の使徒じゃないかと思っているんだ」

「使徒！」

使徒とはイヴァ世界における伝説だ。

人にスキルを与えている女神エリスは人間の神だが、魔族の神もいれば、竜族の神もいる。

それぞれの神に特別愛されたものは使徒となって、他の種族の使徒と戦うと言われている。人間の場合、歴代の勇者がそれに該当していると思われていた。

ちなみに現在は人族の勇者は見つかっていない。

「ジン。どうしてロード・ベルダーが使徒だと思うわけ？」

「他の二人は元々皇族とか王族だったからね。使徒っていうのはいつも大体一番下の人がなってるんだよ」

「そうなんだ」

「ロード・ベルダーも先代の魔王が魔貴族にしたけど、もともとは魔族のなかでもっとも地位が低い種族だったらしいよ。それと人族の英雄を何人も斬ってるから人間には評判悪いけど、弱い人間を虐殺したとか村を襲ったっていう記録はない」

「強い人としか戦わないってわけね。使徒と疑ったかもしれないと」

「俺がそうなんじゃないかと勝手に思ってるだけなんだけどね」

大きな世界の話を女の子に聞いてもらえるのにはとても楽しい。

「ところで人の最強は？」

「人の最強は【剣戦闘・極】の五段階目で六人ぐらいいるんだ」

クレアが笑って聞いた。

「で、誰が一番強いの？」

「エヘへ。これは難しいよ」

各剣術流の有名人ばかりだ。

「マチルダ先生の流派の究源流の一剣、剣聖ロイド。ロイドは王都騎士団の騎士団長をやってることでも有名だよね。後は西山派のカレル・カレン兄妹、水の神殿の巫女ナタリーが四天王って剣伝録には書かれてるけど……」

「書かれているけど？」

「魔法剣士バイネンが死んだ今、人間の最強は赤剣老主《セキケンロウシュ》なんじゃないかなあ？」

「赤剣老主って赤風《せきふう》教団の教主？」

「うん」

赤風教団というのは竜族の領土に近い雪山を本拠地にしている邪教だ。

奪え、犯せ、殺せを教義にしている、ただのならず者の集まりとされている。

そこの教主、赤剣老主は冒険者ギルドで常にドラゴンや魔族の幹部並の賞金がかかっているにもかかわらず、その絶大なカリスマで教団への入信者は増え続けているらしい。

「バイネンの弟子テイルも実力を伸ばしているけど、まだ四段階目らしいよ」

「へ～。で、ジンはどこを目指してるの？」

「もちろん、まずは人族最強の赤剣老主さ」

流石に今はまだ実力が開きすぎているから無理だろうけど、いずれは赤剣老主ともオスカーのように戦えるかもしれない。

けれどいくら俺にセーブ&ロードがあってもまだまだ先の話になるだろう。

そしてさらに上のレベルを目指して、勇者ローレアのように人族と魔族の戦いを終わらせるのが俺の目標だ。

【剣戦闘・上】

5：剣の手練れとして認識されたり、噂されはじめる。　←ジン

【剣戦闘・極】

1：山のように魔物や人を斬らないと到達しないと言われる。冒険者ギルドや傭兵ギルドで剣士として確実に噂される。

2：多くのものが剣の奥義を開眼する。　←マチルダ

3：自分の流派を開くものが現れだすレベル。

4：非常に才能に優れている剣士が老齢になって運良く達することができるかどうかというレベル。　←魔法剣士テイル

5：基本的に人類の限界　↑赤剣老主、剣聖ロイド。西山派のカレル・カレン兄妹、水の神殿の巫女ナタリー

【剣戦闘・神】

1：全ての種族を入れても世界に二、三人しかいないと言われるレベル。　↑ドワーフ王ヴォルグ、竜皇女エイリ、魔貴族のロード・ベルダー

2：伝説級の剣士。歴史にも名が残っている。バランスブレイカー。

3：歴史上、勇者ローレアだけが到達した。

4：到達したものは誰もいない。

5：本当の神のレベルと言われる。

◇◆◇◆◇

軍学校は三か月しかない。地球の軍隊のように悠長に訓練に時間をかけてはくれないのだ。学校生活も残すところわずかとなっていた。

俺は今日もマチルダ先生から最後の特別授業を受けていた。

叩き込まれたのはサンドワームの巣だ。

けれども砂地に足を取られるという問題以外はなんなくクリアして、サンドワームの群れを倒してしまった。

「驚いた。ジンくんは後一歩で【剣戦闘・極】になれると思う」

「ほ、本当ですか？」

【剣戦闘・極】になれば、一段階目でも愛読書の剣伝録にもきっと載る。

「強くなったっていう実感があるでしょう？」

「いや、それほど……でもないんですけどね」

「オスカーをはじめジンくんと同レベルの学生もいたけど、ここまで急激に成長した人はいないわ」

「ありがとうございます」

「うん。こっちも教え甲斐があったわ」

教え甲斐か。危険なモンスターの巣に放り込んで、死にそうになったら助けるというワンパターンな教え方だったような気もするけど……。

「それでジンくんに一つ相談があるんだけど」

「相談？　なんですか？」

「卒業したら見習い騎士待遇で王都防衛騎士団に入らない？」

「王都防衛騎士団にですか？」

「えぇ」

見習い騎士ということは、ゆくゆくは貴族になれるということだ。

騎士が手柄を立てれば領地を賜《たまわ》ることだってある。

「俺はその……ゼロ能力者ですよ？」

「成長は私が保証するわ」

「そ、そうですかね？」

「最終課題で学生同士での課外授業があるから、そこで自分の実力を確認するのもいいかもね。で、どうする？　見習い騎士待遇として王都防衛騎士団に来ない？」

基本的に俺のクラスは兵士待遇になるものが集まっていたはずだ。

「俺が入団できるんですか？」

「私が騎士待遇で推薦するわ」

マチルダ先生の話はこういうことだった。

王都防衛騎士団の団長には人間最強とも言われている剣聖ロイドが就いている。ロイド団長とマチルダ先生は究源流の剣士で師弟関係だった。

簡単にいえば、ある程度のコネが使えるということらしい。

「大変、ありがたいお話なんですが……」

「断るの……ひょっとしてそれがズルいこととか思ってるのかもしれないけど、これはちゃんとした権限の範囲内でおこなわれる話なのよ」

先生が俺のことを高く評価してくれているのもわかる。

けど人間同士の戦争のための王都防衛騎士団よりも……。

「実は辺境偵察騎士団を志望しているんです」

「どうして？」

「俺はハーゴ村の出身者なんです」

「あっ！　ハーゴ村っていうと偵察団のシャール小隊長が？」

「そうです」

ハーゴ村は魔族に攻められたが、兵員不足で見捨てられた過去がある。

それを救ったのが命令違反してまでも偵察団の小隊を率いて村に駆けつけたシャールだった。

結果的に魔族の指揮官と戦ってシャールは命を落としたが、代わりに多くの住人の命が助かった。

エリスもその一人だ。

「それで魔族から国を守る辺境偵察騎士団を望んでいるのね」

「はい……お誘いいただいたのに申し訳ありませんが」

「それならわかったわ。ただし……」

「ただし？」

マチルダ先生は笑った後で忠告してくれた。

「例のオスカーがあなたのことをね。軍隊ってところは味方を攻撃することも簡単にできるのよ」

ありえそうな話だ。

「だから私と繋がりがある隊に入れば安全だと思ったんだけど……」

「オスカーなんかに負けませんよ」

俺は赤剣老主よりも剣の腕をあげて、人族と魔族との戦争を終わらせようとしているんだ。

オスカーなんかに苦戦してられない。

「まあ、そのオスカーも近衛騎士団に入ったから大丈夫かな」

「そうですか」

「じゃあ、もう少し強くなったら、私が剣をとって直接指導してあげるから」

「ありがとうございます！」

剣をとったマチルダ先生に指導されるのはできれば避けたい。けど本当にお世話になった。

◇◆◇◆◇

俺の希望はアッサリ通って辺境偵察騎士団に入団が内定した。

ケイとスネイルもアッサリと通っていた。

つまりそれだけ不人気だということだろう。

「近衛騎士団を希望したのに」

「私なんか近衛騎士団は競争率が高そうだから王都防衛騎士団にしたのに……」

【剣戦闘】が後一歩で【上】になるマリンと【槍戦闘】のアンナは、やはり偵察団に配属されたことをぼやいていた。

俺達は今この五人で班を組んで王都の外を歩いている。

フランシス軍の最小単位は五人の班だった。

誰かが軍規違反や重過失を犯せば、連座して全員が罪に問われることになる。

軍学校の最後の課題は、同じ騎士団に配属された五人で班を組んでモンスターを狩ることだった。

　この課題が成されるまでは卒業できない。

　アンナはやる気がないようだ。

「ううう……楽をして生きたかったのに～。でもジンくんが入れば課題は楽勝か」

「え？　そうかなあ」

　なんで楽勝になるんだろうか。

　まだどんなモンスターを狩るかも聞いてないのに。

　前を行く、もう騎士団に入団している二人の先輩についていっているだけだ。

　俺らは歩きだが先輩たちは馬だ。他の班の先輩も馬だっただろうか？

「楽しいねジン」

　歩きながらケイが話しかけてきた。

「ピクニックじゃないんだよ」

「そっか……ごめんね。ボク、久し振りにジンと一緒に課外授業ができるから嬉しくてさ。遊びじゃないよね」

　ケイには剣を教えていたから、どれぐらい成長したか楽しみだ。

　でもケイは本当に男なのか？

俺が少し注意すると顔を赤くして恥じ入った。

「学校の卒業生の同期は軍に入っても同じ部隊に配属されることが多いって聞くし、これからもよろしくねジンくーん」

「う、うん」

これからもなにもアンナとはあまり話したこともない。

そんなことを考えているとスネイルがアンナに言った。

「アンナ。ジンはクレアっていう凄い美人と一緒に住んでるんだぜ。お前も卒業したら俺と一緒に……」

「嘘っ⁉　本当なのジンくん！」

そんなことどっちでもいいじゃないか。無視していた。

けれどケイがなぜか俺の背中をつねってきた。

「本当なのジン？」

「え？　本当だけど」

「そんなのダメだよっ！」

「いた？　いたたた！　やめろよ！」

ケイは顔を真っ赤にして俺の背中をつねり続ける。

その時だった。

「せ、先輩！！」

マリンが悲鳴に近い声をあげる。

皆がどうしたのかとマリンの方をみる。

「モ、モンスターに囲まれてませんか？」

二人の先輩が顔を見合わせた。

「今回の課題はこの先にある自然洞窟のブラッドバットだぞ。まだ先だ」

「気のせいじゃないか？」

アンナが声を張り上げる。

「気のせいなんかじゃないはずです。この娘は【モンスター感知・上】ですよ！」

「な、なに？」

「そ、そうなのか？」

「逃げるべきですよ！」

マリンとアンナ、二人の先輩はモンスターに囲まれているいないで揉めている。

「た、大変だよジン。ボク……怖いな」

「俺も戻ったほうがいいんじゃないかと思う。マリンがそう言うなら」

「う、うん」

ケイとスネイルがそう言うならモンスターはいるんだろう。

二人はマリンと課外授業をしているし、なによりスネイルは【人物鑑定・上】を持っているのだ。

だとするならばマリンが【モンスター感知】を持っていることは嘘ではない。

でも焦るような状況じゃない。

「まあモンスターが出てきたら返り討ちにすればいいだけじゃないの？」

先輩二人の顔が明るくなる。

「そうだ！　そうだよ！　よく言ったなジン！」

「え？　俺の名前を知ってるんですか？」

「あ、いや。お前達名前を呼び合ってるじゃないか」

「そうでしたっけ？」

実はこの課外授業に来る前にちゃんとセーブしてあるのだ。

最悪の事態になったらロードすればいい。

まあ最悪の事態になんかならないけど。

「ちょっちょっと何言ってるの！　この辺は王都からかなり離れてるからどんな魔物が出

るか。いくらジンくんだって」

アンナは心配のようだが俺はマチルダ先生との課外授業でこの辺にどんなモンスターが出るか把握していた。

「所詮は『ついでの』モンスターなんだよなあ」

「え？」

この辺にはビッグアントというモンスターがよく出る。

俺にとってはイビルウルフなど、強力なモンスターと戦える場所に行く間に現れるモンスターでしかないのだ。

そんなことを考えているとガサガサと音がなった後、巨大なアリが数体現れる。

先輩達はさっさと馬を走らせて逃げてしまった。

「卒業生って学生の身を守ることも仕事の内じゃないの？　まったくもう」

「そ、そんな悠長な……」

この先に自然洞窟なんてあった覚えはないんだけど、ブラッドバットとかいうモンスターを狩るという用事が残っている。

アリは早く片付けよう。

とりあえず一番近いアリの頭に剣を振り下ろす。

メロン大のアリの頭がコロコロと転がった。

「ひっ、ひぃぃーーーーー！」

アンナが座り込む。

ありがたい。余計な動きをされたら、かえって危険だ。

マリンの襟首を掴んでアンナが座り込んでいる方に投げながら、また一匹のアリの頭を割った。

スネイルは村で戦い慣れている。弓で距離をとりながら戦っている。アリを倒せないままでも助けを後まわしにしても大丈夫そうだった。

問題はケイだ。ケイは【火魔法】らしい詠唱に入っていた。二匹のアリがケイを狙っていた。

俺は一体のアリに剣を投げつけ、ケイの腰の剣を使ってもう一体のアリを両断する。

「ジ、ジン。ありがと」

「接近戦で詠唱しても無防備になるだけだぞ」

「……う、うん」

「後は残り一匹だな」

スネイルが逃げ回りながらアリに矢を放っていた。

「おーい。どうする？　助けるか？」

「バ、バカ！　は、早く……助けろ！」

まだ平気そうだ。

アンナとマリンに駆け寄る。

「大丈夫？」

「う、うん」

マリンは大丈夫のようだが、アンナは腰が抜けてしまったようだ。

「た、立てない……」

「しょうがないな。後でおぶってあげるから待ってて」

俺はスネイルのもとへ行き、アリを斬り倒す。

走り疲れたのかスネイルは大の字になってしまった。

「参ったな。スネイルもアンナもこれじゃあブラッドバット狩りにいけないじゃないか……」

「はぁっはぁっ。何言ってんだお前？」

「何言ってるんだって？」

「ブ、ブラッドバットなんて倒さなくても、ビッグアントの頭一匹持っていけば課題は通

るぞ」

「え？　そうなの？」

「騎士団の先輩が課題用のモンスターを適当に決めてるだけなんだからよ」

「ブラッドバット狩りを見守ってくれるはずの先輩が逃げ出しているんならアリのほうが強いのか？」

「ジンがいなきゃ確実に全滅してたよ。ありがとね」

ケイがやや大げさなお礼を言ってくれた。

いや、ひょっとすると大げさでもないのか。

俺だってかつては同じ【剣戦闘・上】のオスカーの攻撃を受けることも躱すことも出来なかったのだ。

◇◆◇◆◇

「ふふふ。本当にジンくんがいてくれて助かっちゃった～」

俺は腰が抜けて動けなくなったアンナをおぶっていた。

「俺は俺は？」

「あんたは逃げ惑ってただけじゃない！」

「矢を撃ってたし！」

普段のアンナとスネイルの掛け合いを見るのは楽しいけど、背中でやられるのは勘弁して欲しい。

「それにしても真っ先に逃げるなんてひどすぎるよ！」

ケイが先輩達にプリプリと怒っていた。

確かに試験の監督という立場で、後輩の身の安全を守ることも役割なのに真っ先に逃げるとは。

マリンが深刻そうに言った。

「まるでビッグアントの群れに私達を投げ込んだみたい」

「まさか。さすがにそれはないよ」

ケイはマリンの考えをすぐに否定する。けれど俺はマリンの言うとおりではないかと疑っていた。実はあの場所の先にあるという自然洞窟とやらも無かったのだ。

しかし一点わからないことがあった。

「ビッグアントって弱いよなあ？」

「「「強いよ！！！」」」

皆から反論されてしまう。

アンナが言う。

「毎年何百人も被害者が出ているしっ！」

その話、聞いたことはある。

「一匹狩ったら駆除費で二百ダラル出るんだよ！　何の素材にもならないのに」

スネイルがお金のことを言った。

「なんの素材にもならないのにどうしてさ？」

「危険性の高いモンスターだから、狩ったら冒険者ギルドが報酬出してくれるんだよ」

そうなのか。

ケイが握りこぶしを両手で上下させながら主張する。

「外骨格に守られてて簡単には刃が通らないし」

節を狙えば一発だったぞ。

マリンはモンスター感知スキルを持っていたからモンスターに詳しいのかもしれない。

「ブラッドバットで卒業できるなら、ビッグアントで確実に卒業検定通るよ」

どうやら皆にとってアリは強敵のようだ。

やはり罠《わな》だったんだろうか。

マチルダ先生がいうように軍に影響力の強いオスカーが俺を恨んで……？

でも、あの程度の罠じゃオスカーだったら余裕で切り抜けられると思う。

そのオスカーに曲りなりにも勝った俺に仕掛けてくる罠だろうか？

「どうしたの？」

「あ、いや別に」

ケイが俺の顔を覗き込んでいた。

「深刻そうな顔していたから」

「いや、なんでもないよ」

「ならいいんだけど……」

ケイに愛想笑いをする。

「アンナ！　もう大丈夫だろ！　ジンの背から降りなよ！」

「やーだー！　まだジンにおぶさりたい～」

「ジンも戦闘で疲れてるってさ」

ケイが俺の背からアンナを降ろそうとする。

「アンナ、俺が背負ってやろうか？」

「はい！　私歩けます！」

スネイルがアンナを背負おうとすると、アンナは俺の背から降りて歩き始めた。

「もう！」

ケイが不満の声を上げてから俺を覗き込んだ。

「ジン、ホントにホントにありがとね」

「ああ、こっちこそありがとね。背中が軽くなったよ。ケイ」

「うん。アンナは甘え過ぎだからジンも甘やかし過ぎちゃダメだよっ！」

真相がわからないまま、俺は王都に帰った。

◇◆◇◆◇

「先輩ひどいじゃないですか！」

アンナの詰め寄りに二人の先輩は平謝りだった。

「いや本当にすまん……すまん！　俺達じゃどうにもできないから、応援を呼びに行ったんだよ」

「う〜ん」

そう言われるとアンナも反論し難かった。実際この情けなさを見ると、彼らじゃビッグアントを倒せそうとは思えない。

「代わりにアリで卒業できるようにはしといたから。なっ？」

あまりに情けない姿勢に皆も責める気を失ったようだ。

けれど俺だけはそういう訳にはいかなかった。

これがオスカーの仕込んだ罠だとしたら、これから周りの人まで迷惑をかけてしまうかもしれない。

「先輩……」

「なんだ？」

「オスカーって知ってますか？」

「オスカー？」

し、知らないのか？

もう一人の先輩が「オスカー？」と言った先輩に教えた。

「オスカーってアレだろ？　軍事貴族出身で、なんでも軍学校に入学希望のゼロ能力者に負けて目を失ったとかいう？」

「ああ、あのオスカーか！　確かジンとかいう奴に負けたんだよな？　あれ？　ジンってひょっとして……お前？」

「えぇ。俺ですけど」

「ひっひぃいいいいぃ。嘘？　お前？　許してこの通り！」

「マ、マジかよ。じゃ、じゃあさ。ビッグアントなんて……楽勝だったんじゃないの？　そんなに怒るなよ！」

こいつらオスカーに依頼されて俺を罠に嵌《は》めようとしたんじゃないのか？　どういうことだろう？

スネイルが怒る。

「先輩、偉そうにすんなよ。謝れっ！」

「ああ、すまんすまん」

この二人を剣で脅して事情を聞きたかったが、そんなことできるわけない。

◇◆◇◆◇

「卒業おめでとおおおおおおお！」

スネイルが宿営地の近くにある酒場で自分自身を祝っていた。

俺はついツッコミたくなった。

「いやまだ卒業していないからね。卒業課題が通っただけだからね」

「確実に卒業できるじゃないか？　祝うべきだろう！」

「そりゃ、まあそうだけど」

スネイルと俺の他にもクレアとイアンがいた。

「まあ、いつもはジンの言うことのほうが正しいけど、今日はスネイルのほうが正しいかな」

軍学校を卒業して辺境偵察騎士団に入団しているイアンが笑う。

「ジンは少し固いからね」

「そうですよね。さすがクレアさんはよくわかっている」

クレアまでスネイルの味方をする。

さすがにこういう時ぐらいはしゃいだほうが良いか。

どうせスネイルは卒業しても入団してもはしゃぐんだろうけど。

「ジンは固いぞっ！」

「まあそれが良いんだけど」

「そんな～クレアさん～」

「ハハハ。即裏切られたね。スネイル」

「うっせーぞ。イアン！」

「あ、僕はスネイルの上官になるかもしれないんだぞ！」

俺は皆のやり取りを見ながら、こそこそと店を出ようとする二人に気がついた。

「先輩達じゃないか……」

どうやら向こうはこちらに気づいていたようで軽く目があう。二人は視線をそらして店を出ていった。何か胸騒ぎがした。

「スネイル、イアン！　クレアを頼む！」

「はっ？」

「どうしたの？」

「なに？」

細かく説明してる暇はない。

「例の先輩達がここで飲んでたんだ！」

スネイルだけが少し真面目な顔になる。クレアとイアンはチンプンカンプンだ。

「マジか？」

「後を追う。頼んだからね」

鋼の剣を取って店を出た。先輩達を追う。

既に街は夜の帳が下りて暗くなってた。

先輩達は何も警戒していないようで、千鳥足で歩いている。

ただ飲んでいただけなのか？

そう思ったが段々と人気が少ない方に向かっていった。

「それにしてもなんだよ。こんなスラムのほうで待ち合わせなんてよ」

「まあ金をくれるんだからいいじゃねえか。後金で五千ダラルだぜ」

誰かと待ち合わせしてるのか？

しかも後金五千ダラルとか言ってるぞ。大人一人なら三ヶ月余裕で暮らせる額だ。

二人は路地裏に入っていった。

俺は二人を追う。

おっと。路地裏に入るとすぐ袋小路になっている。

そして二人を待っている黒衣の人物がいた。

見た瞬間、ヤバイと直感する。

【フランシス王国王都、路地裏入り口。セーブしました】

「あ、もういたんですか？」

「例の依頼は終わらせてきましたよ。アリの生息地にガキどもを案内しました」

俺は既に剣の柄に手を添えている。このまま去ったほうが良い気もする。

だが先輩二人と黒衣の人物との会話も気になる。

なにより俺は既に【セーブ】しているのだ。

逃げることができるかどうかは後でいくらでも試せる。

「おかしいではないか。アイツは死んでいないぞ」

「えっと……その……ジンっていう強いのがいて」

「そ、そうですよ。でも俺達はあそこにガキどもを誘導しろって言われてただけですし、後金を払ってくださいよ」

黒衣の人物が薄く笑う。ゾッとした。

「そうだな……受け取ると良い！」

無意識に身を隠している建物の影から飛び出た。

「せっ先輩！！！　逃げっ！」

俺の叫びと同時に先輩たちの体は切り刻まれた野菜のようにバラバラと崩れ落ちた。

ロードをしようかとも思った。けれど意味はないだろう。

ここでコイツに会った時点で、既に二人は鬼籍に入っていたのだ。

【セーブ】したのは二人がコイツに会った後だ。

「客人を連れてきてくれたとは。このクズ共も最後に少しは役に立ったな」

やはり黒衣の人物は俺がいたことにも気がついていた。

「出てこいよ。出てこないなら俺のほうからそっちに行こうか？」

目の前の男はただ単純に強いということだけではない。

話し方、態度、先輩達の殺し方。

それらすべてが危険な香りを漂わせていた。

だが俺はそう思いながらも、簡単に建物の角から身を出してしまった。

「……」

「へぇ。堂々とね。お前、自分が死地にいるってわかってるか？」

どうも驚くべきことに自分は目の前の男と戦いたいらしい。

確かにこの男の魔手を無事に切り抜けるには【セーブ＆ロード】の力が必要だ。

そもそも毎朝にクレアの顔を見ながら保険用として【セーブ】しているのだ。

【ロード】してそこまで戻ったってよかったのだ。

けれど、俺は理屈ではわかっていながら、目の前の男と戦いたいという願望が【セーブ】させてしまった。

「死地にいる？　本当にそうかな？」

「普通、お前ぐらいの手練れになれば、相手の実力と自分の実力がわかるものだがな」

確かに目の前の男は自分よりも実力は上だろう。

けれどマチルダ先生ほどではない。

おそらく、この男は【剣戦闘・極】の一段階目だろう。

「案外、俺のほうが強いかもしれないぜ？」

「面白くない冗談だな」

「こっちも面白くない。いくらダメな先輩とはいえ問答無用にバラバラにするとはな」

「だから、なんだというのだ！」

男は片手にランプを持ちながら斬りかかってきた。

——ギャンッ！

激昂しているとはいえ、やはり油断しているのだ。

夜のスラムに剣と剣がぶつかり合う音が響き渡る。

——ギャンッギャンッ！

こちらは最初から完全に防御に徹している。なんとか受けきることができた。

「ほう。やるなと言いたいところだが、そこまで防御一辺倒《いっぺんとう》では反撃はできまい」

やはり油断している。

こちらはどうか。全身全霊、瞬きすることも儘《まま》ならない。

オスカーの時は木剣だった。マチルダ先生は俺を殺す気なんてない。

だが、今は頭のイカれた殺人鬼が真剣を持ち、殺す気で俺に斬りかかってきている。

――ギャンギャンギャンギャンッ！

「ほれほれっ。さっきまでの減らず口はどうした？」

「こ、これでいいんだ……」

――ギャンッ
鍔迫《つばぜ》り合《あ》いの形勢となった。いや、とらせられたのだろう。

ついニヤリと笑ってしまう。こちらは鍔迫り合いに持ち込むだけで全力を出しているにもかかわらず、口角が上がってしまう。

瞬間、黒衣の男は剣に力を込め直す。俺はそれだけで後ろに吹っ飛んで裏路地を転がった。

「弱い奴が何故笑う⁉　ここで殺されるんだぞ、命乞いをしてみろっ！」

コイツはわかっていない。

鍔迫り合いに持ち込むこと自体が以前の俺には不可能だったのだ。

マチルダ先生の修行が花開いたのか、あるいは死を感じさせる凶刃が五感を研ぎすまさせるのか、俺は今猛烈に強くなり、成長を続けている。

そして俺はまだ【ロード】を一度も使っていない。

「まあ良い。死ね！」

黒衣の男はランプを石畳《いしだたみ》に叩きつけた。

剣は片手持ちのままだが、ランプ片手に斬りつけてきた時とは比べ物にならないスピード。

ランプの油が燃え尽きる前に俺を斬れると踏んでいるんだろう。

そして……それは正解だった。

——ザシュッ！

今までのような剣と剣がぶつかる金属音ではない。肉を斬る軽い音がした。

同時に俺の左腕から燃えるような熱い痛みが伝わってくる。

「ぐわあああああああああ‼」

「ふふん。口ほどにもない。隙だらけだったぞ」

黒衣の男が笑ったのと、俺の身体から離れた左腕が鮮血を撒き散らせながら風車のように回転して石畳に落ちたのは同時だった。

黒衣の男は俺の苦しむさまを見てまた余裕のある顔をする。殺気も小さくなった。

俺には一言ぐらいは言える余裕がある。

「隙だらけだったのは左腕だけだったんじゃないのか？」

「なに？」

「首も頭も心臓も狙える隙はなかったはずだ」

「お前は本当にっ！　口だけはっ！」

図星を突かれた男が激昂する。

こっちは激昂じゃすまないんだぞ。

【フランシス王国王都、路地裏入り口。ロードしました】

「あ、もういたんですか？」

「例の依頼は終わらせてきましたよ。アリの生息地にガキどもを案内しました」

数十秒後にはバラバラになる哀れな先輩の声がまた聞こえてきた。

しかしそんなことに今は構っている余裕はない。

脂汗ベットリの顔を拭いながら左手を握ったり広げたりした。

「……よし。繋がってる！」

左手の具合を確認すると、ちょうど悲劇が起きていた頃だった。

心の中で思う。

すいません。でも俺が朝にロードするよりマシでしょう。

俺らを殺そうとした先輩だけど後何度かバラバラにされたらなんとか救って見せますよ。

「出てこいよ。出てこないなら俺のほうからそっちに行こうか？」

再びヤツの前に出る。

「へぇ。お前がクズどもをつけてる時に値踏みしたんだが、思ったよりも強そうだな。もちろん俺ほどではないが」

「余裕なのもいまのうちだけかもしれないぜ？」

「抜かせっ！」

やはりまだ黒衣の男はランプを持ったまま攻撃してきた。

――ザッ
だが剣を合わせずに初太刀を躱すことができた。

もちろん初太刀がどんな斬撃をしてくるかはわかっていたが、物凄い上達だった。

――ギャンッギャンッ！

さすがに二太刀、三太刀めは躱された男が本気を出してきたのか躱すことはできない。

受け太刀で対処する。

だが見える。【ロード】前より明らかに見える！

――ギャッギャッギャンッ！

最後の剣撃の音は黒衣の男の斬撃ではない。

俺の反撃を黒衣の男が防いだものだ。

「調子にのるなあああああああああ！」

来るっ！

――ザシュッ！

黒衣の男はやはりランプを投げ捨てて全力の斬撃をしてきた。

もちろん俺の左腕に……。

【フランシス王国王都、路地裏入り口。ロードしました】

「はぁっはぁっ……あの痛み。長くは感じたくないしな。速攻ロードしてやったぜ」

斬撃を受ける前にロードしてもいいかもしれない。

特に先輩を助ける時はその必要があるだろう。

【フランシス王国王都、路地裏入り口。ロードしました】【フランシス王国王都、路地裏入り口。ロードしました】【フランシス王国王都、路地裏入り口。ロードしました】【フランシス王国王都、路地裏入り口。ロードしました】【フランシス王国王都、路地裏入り口。ロードしました】

◇◆◇◆◇

そして……その時は訪れた。

「お前……クズどもをつけていた時は力を隠していたな！」

「そういうわけでもないんだけどな」

黒衣の男がランプを捨てて渾身の斬撃を放つ。

――――ギャンッ！

俺はそれすらも見切って正面から鍔迫り合いに持ち込めた。

良し！　コイツの斬撃は全て見切った！　次こそ！

「ロード！」

【フランシス王国王都、路地裏入り口。ロードしました】

「あ、もういたんですか？」

「例の依頼は終わらせてきましたよ。アリの生息地にガキどもを案内しました」

俺は有無を言わず、剣を抜きながら路地裏に躍り出た。

だが先輩達は気づかない。

気づいたのは黒衣の男のみだ。

――――ギャンッ！

黒衣の男は慌てて剣を抜き、俺の剣を受けた。

片手にランプ、片手に剣だ。

そしてお互いにお互いを剣で弾いた。

「驚いたぞ！　小僧！　まさかこんな思い切りの良い攻撃をしてくるとはな！」

「ダメな先輩でも斬らせたくなかったんだ」

「ほう。なるほど。甘いことを言うくせにできるみたいだな。見誤ったようだ」

悪いね。アンタは間違ってないよ。

黒衣の男は最初からランプを捨てた。

――ザシュッ
「ぐわああああああああああああ!!」

腕が血を撒き散らせながら風車のように回転して石畳に落ちた。

――カランカランッ
もちろんその腕は黒衣の男の剣を持っていた腕だった。

さきほどの斬撃はもうループで嫌というほど見ていた。

黒衣の男は完全に戦闘能力を失っていた。

先輩達は腰を抜かして座り込んでいる。

「さあ。話してもらいますよ」

「な、なにを？」

「一体先輩方はこの男になにを依頼されたんですか？」

先輩の鼻先で俺の剣が赤い雫を滴らせる。

「お、俺達はケイとかいう奴をアリの棲家《すみか》に連れて行っただけで……」

「なんだって？　俺じゃなくてケイ？　どういうことですか？」

「し、知らねえよ。そいつに聞け」

一体どういうことだろうか？

先輩が右手を押さえながら俺を睨《にら》む男を見る。

黒衣の男は脅したぐらいで喋るような男とも思えなかった。

――パチパチパチパチ。お見事お見事。

その時、遠くから街中に響くように拍手の音が鳴る。

え？　と思った瞬間、いや、気がついた時には、先輩達と黒衣の男は首から噴水のように血を吹き出させていた。

「老主……様……」

黒衣の男の首が目を見開いて断末魔の言葉を発した先には、剣を赤で染め上げた老人がいた。

いつの間に？　いや、なんだ、コイツは⁉

マチルダ先生も強いと思ったけどそんな次元じゃない。

足が震えて、いや、足の感覚さえなかった。

自分が立てているのかどうかすらわからない。

「せ、赤剣老主……」

考えて発した言葉ではなかった。

だが無意識で発した言葉が、宇宙の真理のごとくそれ以外にない正解だとわかってしまう。

「ふははは。いかにもワシが赤剣老主じゃ。小僧の戦いを見ていた。中々楽しませてもらったぞ」

俺は【セーブ&ロード】を持っていることすら忘れていた。

いや、それを持っていたとしても今の実力では無意味であることが直感で理解したのかもしれない。

◇◆◇◆◇

赤凮教。奪い、犯し、殺せを教義に掲げ、竜族が支配する国境間際の雪山を本部としている教団だ。

教団というものの、実態は各国で危険視されている犯罪集団である。

幹部は教祖である赤剣老主をはじめ軒並み高額の賞金首だ。

だが竜族を刺激するため、どの国も本部に軍を派遣することができない。

そのため多くの名だたる冒険者、騎士、魔法使いが少数で教団に戦いを挑んだが、赤凰教は異常な強さでことごとくそれを跳ね除けている。

赤剣老主は楽しそうに笑っている。

「少年。我々がなぜ赤凰教と名乗っているか知っているか？」

「い、いや……」

赤剣老主が血塗れの剣を掲げ、ゆっくりと下ろす。

すると赤い刀身が下りるごとに血塗れの赤剣が白銀の輝きを取り戻していく。

代わりに赤い血の霧が宙に舞った。

「そんな馬鹿な……」

赤剣老主は剣の血糊を払ったのか？

俺もモンスターを倒した後に剣の切れ味を保つために宙で血糊を払うことはある。

スピードに任せて剣をふり、それを宙にピタリと止めることで血糊を払うのだ。血糊は固まって地に飛び落ちるだけだ。

だが、赤剣老主のようにゆっくりと剣を下ろすだけで、研ぎたてのように剣が輝きを取り戻すことなどない。

ましてや血が霧になって妖しく舞うなどということもない。

「ふははは。美しいだろう。これが赤凮じゃ」

赤剣老主が輝きを取り戻した剣を鞘に収める。

「ぐっ……！　がはぁっ……はぁはぁはぁっ」

どうやら自分は赤剣老主の放つ剣気に当てられて呼吸もできなかったらしい。

「さきほどの少年の戦いは見事だったぞ。退屈な戦いが多いなかでワシでもすべては理解できなかった。一瞬にもかかわらず、どこか長い年月を感じさせるような振る舞い」

やはり見られていたのか。しかも赤剣老主はこちらのスキルの本質を突いていた。

【ロード】して何もかも無視して逃げるか？

いや、赤剣老主は黒衣の男を最初から見ていたのだ。

俺は先輩達を追った時から二人の悪魔に魅入られていたのだ。

ただし、黒衣の男が小悪魔なら、赤剣老主は魔王だ。

【ロード】がダメならここで【セーブ】か？

数千、いや数万、数十万とループすれば……。

いや、それもダメだ。俺が全身全霊で防御に徹してもヤツの攻撃は一撃たりとも防げない。

それに数十万とループしても赤剣老主に食い下がれる強さになれる気がしなかった。

「驚いたぞ小僧。増々気に入った。今、このワシを倒せるか胸算用したな？」

「うっ⁉」

ゾッとした。

「ふははははは。このワシの前に立って、心の中でもそれを考えたものは久しくおらんぞ。それでワシを倒せる算段はついたのかな？」

「いや……」

「良いだろう。良いだろう。勇気もあれば冷静な判断もできる。気狂いというわけでもないようだ」

赤剣老主は楽しそうに言った。

「安心するが良い。お前のことは気に入った。殺すつもりはない」

正直その言葉にほっとした。

「返答次第ではな。少し話がしたい」

「ぐっ」

返答を間違ったら殺すと言っているのだろう。

どうする？　【セーブ】するべきか？　いや無意味だ。

赤剣老主が俺を殺すと決めた時、ロードをする時間はない、正直その意志すら保てるか微妙だ。

「ワシが殺したこの男。なにをしようとしたか知っているか？」

「は、はぁ？」

あまりに意外な質問だったので拍子抜けする。

「なにを言いたい？　お前の仲間じゃないのか？」

黒衣の男は間違いなく死ぬ前に老主と口にした。

「いかにも。この男は我が教徒よ。だが何をしようとしていたのかは知らん。ワシを楽しませるから王都に来い、とこの男から連絡があったからコウロウ山から降りてきたのじゃ」

「なら……何故殺した？」

「ワシを楽しませるなど大口を叩くばかりか、格下のものに不覚をとったので、つい、な。ははは」

こいつ部下を殺したのを笑って誤魔化したぞ!?

「こやつは元々奸計《かんけい》を働かす男でな。ワシらは正面から正々堂々と奪い、犯し、殺すことを教義としているというのに」

「……」

「で、何か知らんか？」

赤剣老主は笑いを消して聞いてきた。

「し、知らない。だがお前の部下は俺の友人を殺そうとしていた」

「友人？」

「ただの軍学校の見習い兵士だ」

「ははぁ……わかってきたぞ。そういえばこやつは落胤《らくいん》がどうたらとか言っておったな。よく聞いておらなんだが」

「ら、落胤？」

「つまり、お前のそのほれ。見習い兵士の友人とやらが高貴な筋の生まれなんじゃろ」

ケイが高貴な筋の生まれ？

「回りくどい手段で殺されようとしなかったか？　なにか思い当たる節《フシ》はないか？」

回りくどい手段？　軍学校の卒業課題に見せかけて殺されそうになったことか？　思い当たる節もなくはない。

「高貴な筋ってどこの筋だ？」

「なぜワシの質問にお前が質問で返す？」

「うっ……」

赤剣老主にジロリと睨まれる。

「ふははは。まあ良い。仮にも部下がワシを楽しませると言ったお家騒動などフランシスには一つしかあるまい」

「ま、まさか？」

「フランシス王室の落胤じゃろ」

赤剣老主は事も無げに言った。

ケイが王室の落胤？　しかも赤風教団に狙われている？

「くだらぬことを」

「え？」

「大方、王室のお家騒動で国の中枢《ちゅうすう》に入り込もうとなどと画策していたんじゃろうが、国が欲しければはじめから力で奪うわい」

人間最大の国を力で奪うだと⁉

そ、それはこの際良い。問題は……。

「お前は……いや老主は……俺の友人に手を出すつもりはないのですか？」

「小僧の友人は見目麗しい姫だったりするのか？」

全力で首を振って否定する。

「い、いや。男だ」

「美しい王女であれば犯し尽くして侍《はべ》らすのも一興だが、ワシに男色の趣味はない。馬鹿馬鹿しいわ」

ケイにはまだ危険はありそうだが、赤風教の教祖は彼を狙っていないらしい。

助かった。もしこの男に命を狙われたら終わりだ。

「ワシは常々、教徒に言っておるんじゃ。ワシはエリスだけを探していると」

「エ、エリス？」

なぜ赤剣老主が俺の義姉さんを？

「知っておるのか？　女神エリスをっ！」

「あ、あぁ……女神のほうのエリスですか。知りません」

「そうか」

女神のほうか。そりゃそうだ。

ちょっと変わっているとはいえ、赤剣老主がそこらの村娘を探しているわけがない。

しかし……この世界イヴァには……やはり女神はいるのか……？。

それよりも赤剣老主がなぜ人の神であるエリスを探すのかが気になった。

「老主は何故女神エリスを探すのですか？」

「ふははは。美人を探す目的など一つしかあるまいて」

赤剣老主がニヤリと笑う。

「ま、まさか……」

「ワシの好みなら犯す。好みじゃなければ殺す」

「ほ、本気ですか？」

「ふははは。もちろん冗談じゃ。ワシは使徒になろうとしておる。使徒は若返って不老になると聞くからの」

なっ!?　イヴァの世界ではそれぞれの種族の神に特別愛されたものは使徒となって、他の種族の使徒と戦うと言われている。

「使徒は本当にいるのですか？」

「いる。魔貴族のベルダーがそうじゃ」

ロード・ベルダーが魔族の神の使徒だという噂は事実なのか？　それとも赤剣老主の頭がおかしいのか？

「まあ使徒になるには神に愛されねばならんらしい。やはり女神を犯し尽くすことになるか。女に惚れられるのはそれが一番だからな。ふははは。お前も覚えておくと良い」

「い、いや。それはどうですかねえ」

別人でも絶対エリスに会わせたくない。

「ワシには何人も嘘はつけぬ。残念なことに部下はくだらぬことを考えていたようだし、お前はワシに有益な情報を持っていないことがわかった」

どうやら返答は間違わなかったようだ。

「お前、名前は？」

ぐ。やはりタダでは帰れないか。

こんな悪魔とは二度と関わりたくないが……聞かれたからには答えねば命はないだろう。

「ジン……です」

「ジンか良き名だ。最近、歳のせいか記憶力が悪くなってのぅ。ワシに名を覚えられるなどそう無いぞ。ふはははは」

忘れてくれー！

「まあ名を覚える前に斬ることのほうが遥かに多いからな。名を覚えるのは犯して良かった女ぐらいじゃ」

……。

「ところでワシはジンがとても気に入った。我が赤風教に入らないか？　剣の秘密も教えてやるぞ」

な、なななな？　奪い、犯し、殺せを教義に掲げた教団に入れだと？

気づくと赤剣老主は肉食獣のような笑いを浮かべて剣の柄に手をかけていた。

「ふははは。ワシは気が長いから五秒も待ってやるぞ！　五……四……」

く、くっそー！　赤風教などに入れるか！

だが断れば！

「三……」

勝ち目はあるか？　無い！

【セーブ&ロード】を使っても絶対に無い！

「二……」

ここは一時的に屈して赤風教に入ると言うか？

それしか本当にないのか。

「一……」

できるかあああああああ！

「悪党め！　覚悟！」

【フランシス王国王都、路地裏入り口。セーブしました】

念のためしたが、セーブに意味がないことはわかっている。エリスとクレアの顔が浮かんだ。学んだ技は全て捨てる。

後は剣を振り上げ、無心で赤剣老主に斬り下ろすだけだ。

「加減をしているとはいえ、ワシの剣気を受けて歯向かえる精神力とはな。見事じゃっ！」

振り下ろした剣を赤剣老主は川を流れる水のように躱す。

その瞬間、俺の左胸の服がはじけ飛び、血の華が咲いた。

俺の横を通り抜けるように駆け抜けた赤剣老主は抜いた剣すら見せなかった。

心臓部だ。ロードも間に合わない。

「ふははははは。もしお前がワシにただ尻尾を振っていたら殺していたぞ」

「え？」

仰向けに地面に倒れていた俺は自分の胸を見る。

「なんだこれ？」

「それぞ我が赤凧教幹部の証。赤華紋《セッカモン》」

左胸は貫かれてはいなかった。代わりに赤剣老主の剣によって赤い花が斬り刻まれていたのだ。

「我が教団の教義は、欲しいものは奪うじゃ。貰えるものに興味なぞない」

「くそっ！　ふざけやがって！」

「ふはははは。ジンよ。意外とその紋がお前を救うやもしれぬぞ」

「どういうことだ？」

――ふはははは。

赤剣老主は、やはり俺の血で剣先を赤くした剣をゆっくりと下ろし、赤い血の霧を作り、そこに溶け込むように消え去った。

◇◆◇◆◇

赤剣老主が消えてから俺は夜の街を走り、自宅に戻った。

鍵がかかっている扉を叩く。

「誰だ？」

スネイルの声だ。どうやらクレアと一緒に居てくれたらしい。

「俺だ！」

「ジンか！」

鍵が開いた扉に転がり込んで息を切らす俺にクレアが走り寄る。

スネイルとイアンもいた。

「怪我してるじゃない！」

赤剣老主にやられた胸の傷から血が流れていた。

「大丈夫だ。それよりも先輩達が殺された」

皆がギョッとした顔をする。クレアが聞いてきた。

「殺された⁉　先輩達っていい加減な卒業課題を出した人達よね？」

「あぁ」

「一体誰に？」

赤剣老主と答えても心配するだけだろう。

「今は説明している時間がない。このままだと最悪俺が犯人にされてしまう。イアン」

「な、なに？」

「イアンはもう見習い騎士として正式に騎士団に入っているだろ？　こんな時間だけどマチルダ先生に取り次げないか？」

マチルダ先生は騎士として王都防衛騎士団に所属している。騎士団の任務としてマチルダ先生は軍学校で教鞭《きょうべん》を取っているのだ。

イアンなら取り次げるかもしれない。

「ダメかもしれないけどやってみるよ。何か大変な事態みたいだしね」

イアンは快く頼みを聞いてくれた。

「サンキュー！　というわけで俺とイアンはまた騎士団の営所に出かけてくる。スネイルは悪いけど俺が帰ってくるまでクレアと居てくれないか？」

「わかった！」

俺は破けた上着だけ着替えてまた玄関に向かう。

「気をつけてね。ジン」

「ああ、行ってくるよ。クレア」

貸家からまた出て、夜の街を小走りで騎士団の営所に向かう。

「で、一体誰がその先輩達を殺したの？」

クレアの前では言わなかったが、イアンにならいいだろう。

「赤剣老主だ」

「せ、赤剣老主？　剣伝録に出てくる大悪人の？」

「ああ、今回の件は赤風教が絡んでるんだ。赤剣老主は関係ないみたいなんだけど」

「ま、まさかオスカーにそんな力があるの？」

「いや先輩達とオスカーは関係ないし、狙われたのは俺じゃない。ケイだ」

「ケイってジンの学友の？」

「そうだ」

「なんで？」

「突拍子のない話なんだけどケイはフランシス王室の関係者らしいんだ」

「ええええええ⁉」

「とにかく急ごう！」

マチルダ先生に会うのは濡れ衣を着せられないためということもあったが、それよりもケイを守るという目的があった。

赤剣老主はケイを殺すつもりはなかったので、赤風教が本気になることもないとも思うけど、ケイを邪魔だと思っている誰かが王室にいるから殺されそうになっているのだ。

ひょっとしたら黒衣の男はケイの暗殺依頼を受けたのかもしれない。

騎士団の営所につく。

真夜中に女騎士の寮に上げろと行っても守衛は中々首を縦に振らなかったが、

「見習い騎士のイアンです！　赤風教による殺人事件が起きたんだ。対策が遅れたらアナタの責任になりますよ！」

とイアンが脅すと通してくれた。

守衛にマチルダ先生の私室の前まで案内してもらう。

「先生！　マチルダ先生！」

ガチャと部屋の扉が開く。

「誰ですか？　こんな遅くに……ジンくん？」

「せ、先生……夜分遅くすいません」

マチルダ先生は少し透き通るネグリジェを着ていた。

ついそっちの方に目が行ってしまう。

薄着の下は赤い下着で、均整のとれた身体にふくよかな肌が乗っているのがよくわかった。

「きゃっ！　も、もう！　女生徒か女騎士の方だと思ったのにっ！　なんなんですかっ！」

「す、すいません！　でも殺人事件が起きたんです！　犯人は赤剣老主で、スラムには死体が転がっています！」

「赤剣老主ですって？　本当なの？」

「はい。これを見てください。奴につけられたんです」

左胸を見せる。

「赤華紋！」

マチルダ先生は剣をとって廊下に出た。

「急いでロイド兄さんに知らせなくては！　ジンくんも来て！」

先生はネグリジェの上から腰に鞘に収まった剣を着けた。

「せ、先生。その格好で行くんですか？」

「え？　も、もうっ！　ちょっと待ってて」

しばらく待っていると鎧具足を纏って女騎士となったマチルダ先生が部屋から出てきた。

騎士団の高級将校の宿泊施設に移動しながらマチルダ先生に剣聖ロイドとの関係を聞いた。

「ロイド兄さんって剣聖ロイドですか？　兄妹だったんですか？」

「いいえ。究源流の兄弟子って意味よ。ほとんど師匠だけどね」

「なるほど」

剣伝録によれば、赤剣老主とロイドは互角とされている。

さらにロイドは王都防衛騎士団団長でもある。

そのような人物がこの状況下で助けてくれるのは非常に心強い。

マチルダ先生に助けを求めれば、ひょっとしたらと思っていた。

「じゃあ私が話してくるからジンくんとイアンくんはここで待ってて」

「はい」

高級将校の宿泊施設前でしばらく待たされる。

すぐにマチルダ先生が十人ほどの男を連れて出てきた。

ロイドはすぐにわかった。銀髪の長髪をオールバックで固めていた。左眉の上には大きな刀傷がある。

「ジン……くんでいいのか。すぐに現場まで案内してくれ」

「はい」

赤剣老主ほどではないが、剣気を出していなくても圧力を感じる。

ロイドの他にも【弓戦闘・極】の四段階目『魔弾オットー』、【槍戦闘・極】の三段階目『ライトニングスピアのパーシヴァル』らしき人物もいた。

手練れぞろいだ。それだけ赤風教を警戒しているということだろう。

「こっちです」

例の路地裏に辿り着く。

ロイドをはじめとする騎士達が死体を検分しはじめた。

ロイドは時折、俺に状況を確認してくる。

「赤剣老主は黒衣の男を部下と言ったんだな？」

「はい」

「何故、部下を殺した？」

「多分大した意味はないんだと思います。俺に不覚をとったからと言っていましたが」

「その……ケイくん。だったかな？　その彼が王室落胤というのは何か証拠が？」

「いえ。特には。赤剣老主がそう言っていただけで」

「そうか。嘘かもしれんな」

「嘘？」

「我々を惑わす策だよ」

「策？　そんなことしますかね？」

「するだろう。奴は狡猾《こうかつ》だ」

赤剣老主は頭も良さそうだったが、そのような策を弄《ろう》する人物には思えなかった。

◇◆◇◆◇

長い現場検証が終わって俺は団長執務室にマチルダ先生と共に呼び出された。

団長執務室に入ると厳《いかめ》しい顔のロイドがいた。

「ジンくんだったな。まずは色々ご苦労だった」

「いえ。夜分遅くにこちらこそありがとうございます」

「マチルダも」

「いえお兄様も」

挨拶が終わるとロイドはため息を吐いた。

「今回の殺人事件は確かに赤風教が関わっている。被害者の傷、黒衣の男の剣、いずれも赤風教の存在を示している。しかし……だ」

何故かロイドが俺の顔を見る。

「赤剣老主がいたというのは本当か？」

「赤剣老主がそう名乗りましたよ」

「本物かどうかわからない。偽物が赤剣老主を名乗っていただけかも。凶悪な犯行を擦り付けるには最適な人物だ。それとも君は以前から赤剣老主を知っていたのか？」

以前から知っていたかと言われれば、剣伝録に書かれていることや噂の域を出ない武勇伝ぐらいのものだ。

「知りません」

だが、あんな人物が偽者とはとても思えない。

「他にも可能性はある。君が赤風教の幹部で実は犯人とか？」

「なっ⁉　どうしてどうなるんですか？」

「見たところ君は相当に強いようだ。だがゼロ能力者のようだね。赤剣老主は強ければ差別はしないので、赤風教にはゼロ能力者や亜人の教徒も多いと聞いている」

現場検証をしていた時にステータスプレートを見せるように要求された。嫌な予感はしたが、的中してしまった。

赤風教のがマシに思えてくるとマチルダ先生が庇《かば》ってくれた。

「ジンくんが赤風教徒だなんてあり得ません！」

ロイドは手でマチルダ先生を制した。

「俺はあくまで可能性の話をしている。疑っているわけではないのだが……赤華紋こそ赤風教幹部の証左なのだ。端的に聞くぞ！　赤華紋は本当に今日、無理やり刻まれたのか？」

事実なのに……。

しかし、赤剣老主のあの異常な行動を本当だと信じて貰うのは、難しいかもしれない。

マチルダ先生が急に明るい声を出した。

「兄さん！　ジンくんの左胸なら私はつい最近も見ています。赤華紋なんてありませんでした！」

そう言えば、マチルダ先生の厳しい課外授業で、何回か上半身が傷だらけになって服が破れてしまったことがあった。

「なんだと⁉　まさかお前、この少年と肌を重ねたのか？」

「ち、違いますよ！　もう兄さんはなにを言ってるのっ⁉　剣の訓練ですっ！」

一瞬ロイドが俺に激昂した。もの凄い圧力だった。

「本当か？　ならなぜコイツを庇う？」

どうしてそういう発想になる？

「生徒なら当たり前でしょう！」

「ともかくだ。赤剣老主が現れた話は百歩譲って信じても良いが、そのケイとかいう学生が王室の落胤という話は間違いましたではすまない。なんの証拠もないのだ」

確かに。ケイが狙われた理由が王室の関係者というのはそもそも赤剣老主の推測なのだ。だが赤剣老主が間違えた推測を導き出すだろうか？　根拠は無いが間違えるとは思えないかい。

「この件は私が預かる。他言も無用だ」

俺は団長執務室を出て、騎士団の役場も出た。

とりあえず帰宅するために星の下を歩く。

マチルダ先生のおかげで辛うじて殺人事件の犯人にされなくて済んだが、ケイを陰謀から守る手段は全く得られなかった。

ロイドはもしも……ということを考えないのだろうか？

確かに証拠はない。証拠がなければループして交渉してもロイドを説得することは難しそうだ。

それにロイドは俺の意見を何故かまともに聞こうとしない。

俺が考えながら歩いていると後ろからガチャガチャと鎧を鳴らす音が近づいてきた。

「マチルダ先生」

「ジンくん。先生、兄さんがあんなに頭固いとは思わなかったよ。喧嘩して出て来ちゃった」

先生の天真爛漫《てんしんらんまん》さ。それがロイドに俺の話を信用して貰えない理由の一つになっている気もしないでもない。

「ごめんね……」

先生はロイドを兄と思っていても、向こうは妹と見てないのでは。

「いえ、先生がいなかったらケイの話を信じてもらえないどころか犯人に仕立て上げられていたかも」

「そっか。ところでジンくん。ちょっと剣を構えて振ってみてくれないかな？」

「いいですけど」

急だが、剣のことでも世話になっている先生の申し出だ。断る理由はない。

剣を構えて振ってみる。

「そ、そんな。凄い」

「え？」

「今は技能レベルをチェックするアイテムを持ってないから正確なことはわからないけど、ジンくんは【剣戦闘・極】の一段階目までは確実に来ているよ」

「本当ですか⁉」

「うん。それどころか奥義を開眼すれば私と同じ二段階目になれるよ……こんな成長が早い子見たことないよ……なんだか嫉妬しちゃうなあ」

おそらく赤風教徒との死闘や赤剣老主が見せた数々の技の一端が俺を飛躍的に成長させたのだ。

「嫉妬ですか……？」

「ううん。嫉妬なんて嘘嘘。教え子が私と同じぐらい強くなってくれるなんて嬉しいよ。そうだ！」

「そうだ？」

「ジンくんが究源流に正式に入門して、私から奥義を伝授されれば良いんだよ。そうすれば兄さんの弟弟子《おとうとでし》にもなるわけだから話もきっと聞いてくれるよ！」

今までの俺なら正統派と言われる究源流の奥義を授かることは魅力的に感じただろう。

マチルダ先生から奥義を伝授してもらうことも可能かもしれない。

だが、ロイドやステータスプレートで偏見を持つ流派の剣は今の俺には少し色あせていた。

何より老主の剣を見た今となっては究源流よりも先に習得したいと思う。

陰謀からケイを守らないといけないし、何より俺には魔族との戦いに終止符を討つという大きな夢もある。

「先生、ありがたいお話なんですが、俺には先に学びたい剣があるんです」

「え？」

【フランシス王国王都、路地裏入り口。ロードしました】

俺は剣を振り上げ、無心で赤剣老主に斬り下ろす。

「加減をしているとはいえ、ワシの剣気を受けて歯向かえる精神力とはな。見事じゃっ！」

赤剣老主は振り下ろす俺の剣を川の流水のように躱した。

その瞬間、俺の左胸の服がはじけ飛び、血の華が咲いた。

俺の横を駆け抜けた赤剣老主は抜いた剣すら見せなかった。

――これだ！　この動きと剣だ！

「ふははは。もしお前がワシにただ尻尾を振っていたら殺していたぞ」

仰向けに地面に倒れていた俺は自分の胸を見る。

「それぞ我が赤風教団幹部の証。赤華紋」

「ろ、老主……」

「うん？」

「教義には従えませんが、赤華紋が刻まれたということは俺も赤風の奥義を学ぶ資格があるのですか？」

「ふふふふふははははははーっはっは！」

赤剣老主が大笑いする。

「お前のような奴は初めてじゃ！　コウロウ山の赤風教本部に来るが良い！　高弟がお前に奥義を伝えようぞ！」

「老主に奥義を教えてほしい！」

「高弟が教えると言ってるじゃろうに。何故ワシから？」

「王室の陰謀や老主の考えを知らない赤風教徒が友人のケイを殺そうとするなら俺が守る。そのための力が今欲しいんです。コウロウ山に行ったら間に合わない」

「……うーむ。動機がのう。守るではなく殺すとかならワシの好みなんじゃが」

赤剣老主が目をつぶって白い顎髭を触った。

「それに俺は誰よりも強くなりたい。剣聖ロイドと会ったが、老主より強いとは思えなかった」

「ふはははは！　当たり前じゃ！　良いだろう！　赤風教四代目教祖であるこのワシが自ら赤風の奥義を手ほどきしてやろうぞ！」

「あ、ありがとうございます！」

「ただし、赤風の剣の要訣《ようけつ》とお前に向いている奥義を見せるだけだ。後は自分で学べ。再び会った時に進歩が無くても不覚悟と見て殺す」

望むところだ。

俺には【セーブ&ロード】がある。

赤剣老主！　お前の技、必ず奪ってみせる！

◇◆◇◆◇

俺は赤剣老主と別れて家路に向かっていた。

彼は正真正銘の狂人で半刻ほどしか教わることはできなかったが、剣に関しては真摯だった。

誰よりも強くなりたいのなら老主の剣を学ぶことは必ずためになるだろう。

「型が……ない？」

「うむ。赤風の剣に型はない。本能や衝動、感情に寄る動きに重きを置くからじゃ」

老主が語る剣の理論は今までで自分が身につけていたものとは全く異なるものだった。

例えば【格闘】スキルのないものが徒手で戦うと力一杯ストレートで殴りつけることになるが、少し学んだ人間は蹴り足と腰を回転させることで体重を乗せることを学んでいく。

さらに強力なストレートを放つ前に細かいジャブをしたほうが有効なことを知る。

剣技に置いても同様で、究源流の奥義は上段から真っ直ぐに剣を振りおろすという動作を洗練させて奥義の一つとしている。

「我が教門以外の剣は理性や制御、あるいは抑制、統制に重きを置いていると言ってもいいじゃろう。もちろん心の置き方もそうなる」

日本の武道などはまさにそうだ。

「赤風の剣は無駄も削ぎ落とそうなどとは考えぬ。理性や制御からの解放を目指すのだ」

段々、赤風の理屈がわかってきた。

「極端に言えば、感情によって肉体が大きな力を発揮したり、痛みを感じなくなったりしますよね。そちらに重きを置くということでしょうか？」

「ふははは。そういうことじゃ。制御の技術は完全に捨てるわけではないが、まずは理性からの解放が肝要。ゆえに我らの教義は奪い、犯し、殺すじゃ」

赤剣老主が誇らしげに笑う。

教義はともかく剣の理論としては一理も二理もありそうだった。

物理法則が違うからか、魔法の力が肉体に作用するからか理由はわからないが、イヴァの世界では戦闘系技能スキルがあがることで、地球の人間を遥かに超える身体能力を得る。

地球のように個人の肉体の伸びしろが小さければ、その制御を中心にする武術が確かに有利だろう。

だが、このイヴァの世界のように肉体の伸びしろが大きければ、それを解放して伸ばそうとするほうが有利かもしれない。

「よし！　理論は終わりじゃ！　お前は今から殺人鬼じゃ！」

「は、はあ？」

「実際に殺人鬼になるのが早いんじゃが……お前はそれをしたくないのだろう。ならばとりあえず自分が殺人鬼だと思い込むんじゃ」

「殺人鬼と？」

「難しければ、お前の知る殺人鬼に成りきってみろ」

「殺人鬼なんて老主と今老主が殺した男しか知らない」

「ふははは。ならワシしかおらんな。鬼になるなら成りきるなら子鬼ではいかん！」

俺は、いやワシは最凶の剣士、赤剣老主だ！

――ビュッ！

「いいぞ！　中々殺人鬼が似合っておる！」

老主と化せばやることは一つだ。目の前にいる老主に斬りかかる。

もちろん全く当たらないが。

けれども赤剣老主に成りきって剣を振っているだけなのに剣速が速まった気がする。

「ふははははは！　実際に速まっておる！」

考えが読まれたかのようで驚く。これが彼の弟子育成法なのだろう。

「だが殺気が飯事《ままごと》のようじゃ。外の流派は剣に殺気すらのせることすら避けるからな。一体どこでドスを利かせるつもりなんじゃか。ほれ！」

――ジャキッ！

赤剣老主が剣を抜いただけで脱兎のごとく距離を取ってしまった。

「ぐっ！」

老主の剣から殺気が引いていく。

「動けただけで上々。さきほどまでのお前なら蛇に睨まれた蛙になっておったぞ。手っ取り早い解放の仕方は教えた」

「あ、ありがとうございます！」

「しからば奥義を見せようぞ！」

◇◆◇◆◇

何度体験しても身震いする。老主に奥義の教えを受けた。

「今はこれ以上見せぬ。後は自分で工夫せよ」

老主はそう言って闇夜に消えた。

それから俺はロードを少なくとも五回はしているだろう。

だがそのロードは老主の奥義を見るためではない。

老主は一門を率いているだけあって剣の教え方は上手かった。

ただ老主から剣の教えを受けたり、殺人の発生から間が開いたので、剣聖ロイドの疑いの気持ちがさらに強くなってしまったのだ。

ループを繰り返すことで疑いをかけられつつも、なんとか説得できる口実を見つけて疑いを晴らす。

「ジンくんが究源流に正式に入門して、私から奥義を伝授されれば良いんだよ。そうすれば兄さんの弟子にもなるわけだから疑いもきっと晴れるよ！」

「是非、お願いします！　今から良いですか？」

「うふふ！　もう朝日も昇りはじめているしね。いいよ！」

マチルダ先生からも奥義を教わることになった。

【フランシス王国王都、騎士団営所前。セーブしました】

運命だったのか、それともただの偶然だったのか、最凶の邪剣を学んだ長い夜が明け、朝日とともに正統派剣術の奥義を学ぶことになるのだった。

⑦　日進月歩

上段から振り下ろす俺の剣から衝撃波が放たれ、離れた場所にあった小さな岩を斬り割った。

「たった三時間で究源流の奥義を……」

驚くマチルダ先生の言葉に笑いそうになるのをなんとか我慢する。

「マチルダ先生の地割りと比べたら全然ですよ」

「できただけでも凄いのよ！」

笑ったのは三時間ではないからだ。

もう三時間の教えを千回以上ループしている。

教え方も相当厳しかったので肉体的には無傷だが、精神的に磨耗している。

「もし今日みたいな厳しい訓練を二年以上も受けたら誰でもできるんじゃ？」

「どうしてそんなことを？　二年でも結構凄いと思うけど……確かにこんなには驚かなかったかも」

やはり二年訓練すれば、できてもおかしくないと思うらしい。

しかし、赤風の奥義は一回試しただけで、この奥義のレベルには達した。

教師である赤剣老主とマチルダ先生では、そもそも実力差が天と地もあるからだろうか。

それとも……俺には正当と言われている究源流の剣よりも、異端とされている赤風教の剣のほうが『性《しょう》に合っている』のか？

ともあれ、これで正邪両方の剣の奥義の一端に触れることができた。

「嬉しい気持ちもあるけど、ちょっと嫉妬しちゃうな」

「そんな……先生の教え方が良いからですよ」

「え？　そ、そう」

「ええ。もちろんですよ！」

精神力の限界までループして身についたことは墓まで持っていこう。

それにしても奥義が成功した時にマチルダ先生が剣を抜いてなくて良かった。

もし剣を抜いていたら二重人格の先生は斬りかかって来たかもしれない。

「ジンくんならいつかは赤剣老主にも勝てるようになるかもね」

「いや～それは中々大変そうですけどね～」

自分の顔が引きつっているのがわかる。

「ふふふ」

もう故人だが、【剣戦闘】においてはバイネンという男が人間の中では最強と言われていた。

彼は不可能とされていた剣と魔法の融合に成功し、赤剣老主と互角の戦いを繰り広げたらしい。

赤剣老主ほどの神才と渡り合えるようになるには、バイネンのような独創的な工夫が必要になるのだと思う。

俺が正邪両方の剣を学ぶのもそのためだ。

「ところで彼のことはどうするの？」

「彼っていうとケイのことですか？」

「うん。暗殺を引き受けた赤風の男も死んだわけだし、身を守らないと危険でしょ。兄さんが動いてくれないと私も大っぴらには」

ケイのことは考えていた。

フランシス王室の落胤という老主の推測が正しいかはわからないが、誰かに命を狙われていることは間違い無さそうだ。

敵もまさかあの赤風教徒の男が死んだなどとは夢にも思ってもいないだろうから、時間的な余裕はまだあるだろう。

そうは言っても危険があることは間違いない。

「そうですね。しばらく一緒に住もうかな」

「うん。それが良いわ。ジンくんが一緒にいるならよほどの手練れでも安心だし。ロイド兄さんは話を信じなかったけど、私は調べてみるから」

「お願いします」

マチルダ先生と別れた。俺は学生寮に向かった。

寮に住めばタダなのだから、俺のように王都に家を借りているものは少ない。

ケイも男子学生寮に住んでいるはずだ。

「王室のお家騒動なんて本当にあるんだろうか？」

地球のことは知っていても、数か月前の俺は基本的には騎士団に憧れるただの田舎の少年だった。

王室のお家事情がどうなっているかなど全くわからない。

知っていることはフランシス王国は人間の国家でもっとも勢力が大きく、フランシス王室は魔法の家系で水鏡の盾という神器を継承していることぐらいだ。

血筋の人物は魔法スキルを持つものが多いと聞いている。

男子学生寮に着いた。守衛にケイの部屋を聞く。

剣の腕がこれだけ向上しても、神殿が発行したステータスプレートでは、俺は相変わらずのゼロ能力者だ。

それでも度々スネイルの部屋に行っているので覚えられているし、そもそも軍学校の制服を来ている。

守衛はすぐにケイの部屋を教えてくれた。なんでも他人のイビキがうるさいと眠れないということで一人部屋にいるらしい。

贅沢だなと思ったら、もともと掃除用具を入れていた狭い部屋に住むという条件で一人部屋が許されているとのことだった。

「ここか……本当に狭そうだ。おぼっちゃんなんだか、たくましいんだか、よくわからないな。おーい！　ケイ！　おーい！」

返事がない。まさか……。

ここに来るまで一切不穏な殺気は感じなかった。

今の俺にここまで完全に殺気を隠せるほどの手練れは老主ぐらいだ。（もっとも彼の場合は普段は隠すなどしなさそうだが）

まさか！　既に殺されていて刺客はずっと前に去ってしまったのだろうか？

本当は【セーブ】して確認したいが、もしケイが殺されていたらマチルダ先生から奥義を学ぶ前に【ロード】すれば助かるかもしれない。

慎重にドアを開ける。

部屋の殆どを占領しているベッドの上でスヤスヤと眠りこけるケイがいた。

「見習いとはいえ、熊のフード付きパジャマで眠る軍人がいるとは……本当にコイツは男なんだろうか？」

軍学校を卒業すると配属が決まるまで一週間ほどは休暇になる。

それで昼近くになるというのに寝ているんだろうけど、田舎が近いものはその一週間で帰省するものも多い。

帰省するものは朝早く起きて今頃は乗合馬車に揺られているだろう。

ちなみにハーゴ村には一週間で往復することは不可能だ。エリスには手紙を送った。

ケイの田舎も一週間で帰れないのだろうか？

それとも本当にケイは田舎なんてなくて実家は王宮なのか？

「起きろ！　起きろって！」

「ん……あ、あれジン？」

「おはよう」

「きゃあああああっ！　なんでジンがボクの部屋にいるのさっ！」

きゃあああ、って……。そんなに驚かなくても。

「ちょっと話があってさ」

「は、話？　なにさ？」

改めてなんの話かと聞かれても困ってしまった。

急にケイは王室の関係者なのかって聞くのも変だしな。

かといって「命が狙われている」じゃ怖がらせてしまうかもしれない。

そうだ！

「なあ配属が決まるまで一緒に住まないか？」

「は、はぁ？　ジンとボクが？」

何故かケイが真っ赤になる。

「そうそう。俺は寮じゃなくて王都市街に家を借りて住んでるからさ。ケイはタダでいいよ」

「タダとかそういうことじゃなくて！　なんでジンとボクが一緒に住まないといけないのさ!?」

い、意外と説得が難しそうだぞ。一応、アレを使うか……。ケイが生きてるなら、もう以前のセーブデータはいらないしな。

【フランシス王国王都。軍学校寮室内。セーブしました】

「う゛～」

ケイは警戒している獣のような声をあげている。まさか俺が男色家だとでも思われているのだろうか。

老主じゃないけど俺だって男色の趣味なんてない。

「男同士別にいいじゃんか」

「良くないよ！」

「いいじゃんか。俺は別に男色家じゃないぞ」

「もー馬鹿っ！」

枕でバンバン殴ってきた。

「出てけー！」

「いた！　いた！」

こりゃもうロードするしかない。

【フランシス王国王都。軍学校寮室内。ロードしました】

「う゛～」

なにか理由を考えないと。そうだ！

「だってこの部屋ベッドを置いたらスペースほとんどないじゃないか」

「っ！」

ケイが少し大人しくなる。どうやらこの部屋にはやはり不平があるのかもしれない。

「なんか臭うし可哀想だと思ってさ」

「う、うん。まあそうなんだよね」

「だろ？　配属が決まるまで俺の家に住めよ」

「……で、でも」

「剣も教えてやるよ。久し振りにさ」

自分の剣を磨きたかったのに、軍学校でかなりの期間ケイの剣の先生をさせられていたが、その引き換えということでマチルダ先生から剣を教わることができたから、十分に元はとれている。それに……。

「い、いいの？」

ケイの顔が明るくなる。

どうやらケイにとって俺との稽古は楽しい時間だったのかもしれない。

この笑顔がそういう意味だとしたら少し嬉しい。

というか本当に男と思えない。

「もちろん。一緒にいるんだしね」

「じゃ、じゃあ。甘えさせて貰おうかな……」

「よし！　今から引っ越しだな」

「荷物も少ないしすぐだよ。待ってて」

ふふふ。俺の目的はケイを刺客から守るだけではない。ケイは【火魔法】が出来る。かつて魔法を融合させたバイネンの剣はあの赤剣老主でさえも苦しめたのだ。

◇◆◇◆◇

「ボクが使う部屋にぜーったい勝手に入ったらダメだよ」

軍学校の寮からケイと二人で借家に向かう。

ケイは一緒に住むことには同意してくれたのだが、何故か色々と条件をつけてきた。

部屋を一つ使わせろ、そして絶対に勝手に入ってくるな……ｅｔｃ。

「何度も聞いたよ。あんまり使ってない部屋も一つあるからそこ使えばいい」

「ノックもするんだよ、ノックね」

「はいはい」

人の家にタダで間借りしてこの我儘っぷり。やっぱり高貴な血筋なんじゃないだろうか。

まあこっちが強引に一緒に住もうって言ったんだけど。

ところがケイは急にシュンとなった。

「ご、ごめんね。ジン……」

「え？」

「せっかくジンが掃除道具入れじゃ可哀想だからって一緒に住もうって言ってくれたのに我儘ばっかり言って」

さっきまでは我儘言い放題だったのに、今はなんだか本当に申し訳なさそうだ。

「剣だって教えてくれるのに。軍学校の時だって足手まといのボクに」

「い、いや、別にいいんだって。誰にだってプライベートな空間は必要だよ」

「そ、そう？」

「ああ」

「ジンって……優しいんだね」

優しいんじゃなくて王室の血筋で命が狙われてるかもしれないからとは言いにくい。本人に狙われている自覚があるようにも思えないからだ。それに何かの間違いかもしれない。

そんなことを考えていると急に腕を引っ張られる。

ケイが赤い顔で俺の袖を掴んでいた。

「な、なに？」

「ありがとね……」

「あ、あぁ。うん」

ケイは本当に男なのかと思ったのはこれで何度目だろうか。

借家に着いた。扉をノックして叫ぶ。

「ただいまあ」

ドアを開くなりクレアに飛び出てきて抱きつかれる。

「ジンッ！　もうっ！　中々帰ってこないから心配したよっ！」

本当に心配かけてしまった。

赤風教が関与している殺人事件の話をして一晩も帰ってこなかったのだ。

「ごめん……クレア」

「いいのよ。帰って来れば」

「ところでスネイルは？」

昨晩は不穏な夜だったのでスネイルにクレアを任せて飛び出たのだ。

「あ～えっと。明るくなって来た頃にカードをはじめたら……泣きながら帰っちゃった」

「あれでも友達なんだ。借金はチャラにしてあげてくれ」

「えへへへ。そんなに大きな額は負わせてないわよ」

きっとスネイルの首は右にも左にも一センチもまわらなくなっているに違いない。

クレアと抱き合っていたら服を後ろから引っ張られる。

クレアを離して振り向くと、おかしな顔をしているケイが俺の背中に隠れるようにいた。

「なにその変な顔？」

「睨んでるんだよっ！　怒ってるの！」

「え？　そうなの？」

とても睨んでるように見えない。眉を中心に寄せたジト目ってやつに見えなくもないけど、もっと有り体に言えば失礼ながら可愛い顔だ。

でもどうして睨まれなくてはならないんだろうか？

「誰？　それ？」

「クレアだよ。前に一緒に住んでるってスネイルが言ってただろ？」

クレアのことを話すとケイは一瞬放心したような顔をして……しばらくするとしゃがみこんで呟いた。

「浮かれて忘れてたけどそんな話が……二人で住みたいって意味かと……」

クレアがはてなと言う顔でケイを指差した。

「どちらのお嬢さん？　お友達？」

「ケイはお嬢さんじゃなくて男だよ。軍学校の同期なんだ。配属が決まるまでしばらく一緒に住もうって」

「あ。ごめんなさいね。ケイくんよろしくね」

ケイはふらふらと立ち上がって俺らより先に借家の中に入っていく。

「ど、どうも。ボクが使っていい部屋、いやベッドは何処ですか？」

「ベッド？　そこを左の部屋だよ」

「疲れたんでちょっと寝かせてください……話はそれから……」

そういうとケイは我が家で一個だけのベッドを使って着替えもせずに寝てしまった。

もうシーツを頭までかぶって寝ているようだ。

「おいおい。俺も寝てないし疲れてるのに」

赤風教徒との戦い、赤剣老主の修行、マチルダ先生の修行、それを何千とループしているのだ。ハッキリ言って立っているのも辛いほど疲労している。

「せっかく大きめのベッドを用意してあるんだし、一緒に寝ちゃえば？」

「そうだな。そうさせてもらおう」

「私もずーーーーっと起きてジンを待ってたから眠いなぁ。一緒に寝ちゃおうっと。ふふ」

狭くない？　と言いたかったが、俺を待ってくれていたのだ。川の字になればなんとかなるだろう。

というわけでケイが左端、俺が真ん中、クレアが右端で寝ることにした。

少しバタバタしてしまったと思うが、ケイは全然起きない。

二人に囲まれるとなんだか変な気分になってくる。

「どうしたの？　ジン」

「あ……いや」

クレアが耳元で聞いてくる。

「あれでしょ。ケイくん可愛いもんね」

「お、おい？」

「いいのよ。私そういうのも大好き。なんてね」

クレアの言ってる意味はわからないが、確かにケイは小さくて肌とかも白いし、見た目は痩せてるのになんだか妙に柔らかそうだ。

それになんだか良い匂いがする。

「ジン。ちょっと狭い。もうちょっとそっちいける？」

クレアに言われる。

「ああ」

ケイはお客様だし先に寝ちゃったから多めのスペースが確保されてもいいと思うけど。

さすがにもうちょっとケイに寄らないとクレアが辛そうだ。

おおお、触れると見た目通り柔らかい。

抱きまくらに最適だぞ。抱いてるわけじゃないけどくっついているだけで充分に癒《い》やされる。クレアのボリューム感とはまた違った……気持ちいいなあ……でも男なんだよなあ……

Ｚｚｚｚ……。

…………………Ｚｚｚ
…………Ｚｚｚ
……Ｚｚｚ
「キャアアアアアアァッ！」

悲鳴で飛び起きる！

しまった！　寝入ってしまったようだ。もう夕暮れ時だ！

つまり来たんだな！　刺客が！

「何処だ⁉」

最悪、ケイが殺されていたりしたら【ロード】しなければならない。

一緒に住もうとケイを説得するために軍学校の寮でセーブしたから、そこまで戻れば誰も死んでいないはずだ。

ところが……。

「え？　ケイ？」

ケイは生きていた。クレアは悲鳴も意に帰さず寝入っている。

けれどケイは何故か目を真っ赤に充血させて涙目だ。

意味がわからない。

「ど、どうした？」

「なんでジンとボクが一緒に寝てるのさ？」

「なんでって。この我が家にはベッドが一つしかないからさ。だから皆で寝た」

「え、えええ？　ひょっとして明日からも？」

「いいだろ。別に男同士なんだし。あっ！」

はは ぁ。わかったぞ……ケイは女の子が恥ずかしいんだな。

「ケイはクレアが恥ずかしいんだろ。思春期だなあ。俺が真ん中で寝てあげるから平気だよ」

俺がそう言うとケイは何故か枕で俺を叩いてきた。

「な、なんだよ？　剣の修行か？」

「ジンのバカバカバカバカー！」

ま、枕じゃ修行にならないよ。

◇◆◇◆◇

窓から見えた青空がまぶしい。今朝は快晴そのものだ。

最近、クレアがパン屋で働きはじめた。そのため朝はパンを焼いた良い香りがする。

ところがケイは清々しい朝とは真逆の不満気な声を出した。

「バター取って……」

「はいよ。ところでなんで朝からケイは不機嫌なのさ？」

「別に不機嫌じゃないよ……」

とてもそうは思えない。

まあケイの場合は怒っていても怖いというよりは可愛いのだが。

クレアがケイに気を利かせて提案した。

「やっぱりベッドが狭かったかしら？　ジン、なんとかしてあげたら？」

「でも配属が決まるまでたった一週間だぞ。ベッドを買うほどじゃないしなあ。布団買ってやろうか？」

パンを咥《くわ》えたケイに見つめられる。

これで睨んでいるつもりなのか。

「そしたらケイは一人で寝られるからいいじゃんか？」

確かにクレアが言うように三人で寝るのは狭い気もしていた。

一日ぐらいだったらいいけど一週間は辛い。

ケイはお坊ちゃんでやっぱり広々としたベッドでしか寝られないのかもしれない。

「いい……三人で寝る……」

「ええ？　だって狭くないか？」

「わ、わかったよ。俺とクレアが布団で寝るから」

「いらないっ！　三人で寝るの！」

「そ、そうか」

クレアを見ると困ったように苦笑いしていた。

結局三人で寝ることになってしまう。まあいいか、話を変えよう。

丁度いい。朝食の最中、ケイが狙われている理由をそれとなく探ってみる。

「ところでケイって結構お坊ちゃんだったりするのか？」

「ボクが？　なんで？」

なにを言っているんだという口調で聞き返されてしまう。

直接聞きすぎたのだろうか。

「いやなんとなくだけどさ、ちょっと潔癖っぽいな。どこ出身？」

「ボクはセウダの街だよ」

「え？　本当？」

俺が驚いたのはセウダの街とハーゴ村はかなり近いからだ。

大きな買い物をするのはセウダの街に行くことがある。王都よりも低いが街壁もあって軍の進攻も防げるようになっている。

「ひょっとしてオルハ伯爵家とか？」

フランシス南部のアラゴン地方領をおさめている伯爵がオルハ家だ。

魔族領と接しているために領地運営は難しい。だがオルハ伯は領主としての人気も高い。

セウダの街も開拓村ハーゴ村も交易商の集うクレアのサンタバ村もアラゴン地方なので、

オルハ伯が治めている。

「ぷっ。ジンなに言ってるの？　セウダの街に住んでいれば伯爵家の人なのかい。あははは！」

そりゃそうか。笑われてしまった。

「ボクの家は革細工職人だよ」

「革細工職人か。そりゃ儲けている職人もいるって話だけど……お坊ちゃんとは程遠いな」

「前に聞いたけどジンの家だって農家だろっ！」

両親が健在だったときも開拓農民。死んでからは小作農だ。

「返す言葉もない。由緒正しき貧農だよ」

この国では貧農などありふれているし恥じ入る必要はない。

それゆえ戦闘系スキルを貰って騎士団に入りたがる若者が多いのだ。

軍人になって出世すれば、家族ごと王都に呼ぶことができるほどの収入になる場合だってある。

「でもなんでケイは辺境偵察団を志望しているのさ？」

「それはジンと同じ理由なんじゃないの」

フランシス南部のアラゴン地方領は魔族領と接しているため、魔族の侵攻がちょくちょくある。

オルハ伯爵家の私軍もあるが、そのための最大の剣と盾が辺境偵察団なのだ。

「お父さんの住む街を自分で守りたいんだ」

「へ～お父さんが好きなのか」

「うん！　男手一つで育ててくれたからね。大好きなんだ！」

男手一つ……なにかの事情があるのか母親はいないようだ。

もう何度も思ったことだが、ケイは本当に男なのか？

十八にもなってお父さん大好きという女の子のようなセリフだった。

まあ本人が男だというなら男なんだろう。嘘をつく必要なんかないし。

それにお父さんや革細工の話を楽しそうにしているケイが嘘をついているようにも思えない。

やはり老主の勘違いではないだろうか。

「赤剣老主め」

「赤剣老主？　赤風教の教主のことかい。ジンは急になに言ってるのさ？」

「あ……」

つい呟いてしまった。

赤剣老主に会ったことはまだ話さない方がいいだろう。そもそもケイが命を狙われていてその理由が王室の関係者だという推察は、赤風教徒と赤剣老主の曖昧な話が元になっているのだ。

言い訳を考えていたらクレアが助け舟を出してくれた。

「ほら。ジンは剣バカじゃない」

「あ～そういうことか」

赤剣老主には莫大な賞金がかかっていることもあるが、それ以上に彼を倒せば、それはすなわち人間として当代最強の剣士の称号を得ることと同じだからだ。

つまりすべての高みを目指す剣士はいつか赤剣老主を倒すことを夢見ているのだ。

「赤風教潰しなんてしたら絶対に死んじゃうよ」

もちろんケイの言う通りだ。

「そんな大それたこと考えていないよ」

老主や赤風教徒は赤風教を倒そうと目指した名だたる剣士を返り討ちにしてきた。

以前は俺もいつか赤剣老主を倒すことを当然のように夢見ていたが、今はほとんどそんな気はなくなっている。

それに赤風教はどちらかというとフランシス王国の北部地方の問題で、俺の住む南部では魔族こそが問題だった。

老主は極悪人だったが、個人的に恩が無いとも言えない。極悪人だけど裏がない人物のようにも思えた。

最強の称号を目指すにしても、魔族に苦しめられている南部地方の俺にとっては、魔族一の剣士ロード・ベルダーを倒すほうがスッキリする。

「魔法剣士バイネンでもないいんだから。ジンは赤風教と戦おうとするなんてダメだよ」

魔法剣士バイネンか……。

バイネンは史上はじめて魔法と剣を融合させた。

噂を聞いた老主は赤風教徒を引き連れてバイネンの道場に乗り込み、魔法剣の秘密を教えろとバイネンに迫った。

当時、圧倒的に有利と思われた老主はバイネンに苦戦して、互角の戦いになった。

二人は大勢の弟子が見守るなかで奥義を尽くして戦ったが、勝負はつかなかった。

弟子同士の争いになりかけた時に老主はそれを止めて、今度は弟子を連れずにお前の命を取りに行くとバイネンに約束して退いた。

だが、その約束が守られることはなかった。

「バイネンがもし病死しなかったら赤剣老主は敗れていたかな?」

バイネンは老主との決着を付ける前に病気で死んでしまったのだ。

「知らないよ。ボクはジンのような剣バカじゃないからね。でも世間ではバイネンが生きていればって言うよね。弟子のテイルもいるしね」

「老主は極悪人だけど剣の強さは本物だ」

老主はバイネンの訃報を聞いて泣いたという噂がある。

考えてみればバイネンは長く病に伏せていたのだから、老主がその時に道場を再び訪れれば簡単に勝てたはずだ。

老主の性格を考えるとなんとなく噂は本当のように思える。

ちなみにバイネンの多くの弟子のなかでも剣と魔法の融合に成功したのはテイルという若い天才だけだった。

テイルはいつか赤剣老主を討つと言って武者修行の旅に出た。道中で彼は隣国の街を襲うドラゴンを退治した話が伝わっている。数年前の話だ。それ以降の足取りはわからない。

「ジンは赤風の剣のほうが上だっていうの?　ボクは火魔法が使えるからバイネンの剣と魔法の融合のほうが上だと思いたいなあ～」

「いいね。その意気だ」

「え？」

「パンを食べ終えたら軍学校行こう」

「なんで？　ボク達卒業したじゃん」

「剣の訓練だよ」

「ああ、そうだよね。またジンから剣を教わるの楽しみだな」

フフフ。軍学校のときみたいに甘くないぞ。

俺は本気でバイネンのように剣と魔法の融合を目指そうとしているのだから。

◇◆◇◆◇

朝食を食べたケイと軍学校の修練場に向かう。

もちろん俺もケイも帯剣している。

ケイが往来で狙われることもあるかもしれないからだ。

まあ、そのような気配は無い。

青空が広がって平和そのものだ。

「ジン、その袋なに？」

俺は麻袋を持っていた。

「ふふふ。秘密だよ」

「なにさ~気になるな。それにしても」

並んで歩いていたケイが前にまわって俺を見ながら後ろ向きに歩く。

「ジンに剣を教えてもらうの久し振りだね。楽しみだな~」

「そうかそうか。俺も楽しみだよ」

剣を教えるついでにケイには魔法剣の実験に付き合って貰うつもりだ。

「ホント⁉　ジンが楽しみならボク嬉しいよ！」

「ははは。まあね」

軍学校の修練場に到着する。

修練場と言っても今日来た場所はただの屋外だ。

校舎や営所からもかなり離れていて人気が少ない。

そちらのほうが好都合だ。

「エイ、エイ！」

ケイは言われなくても俺がかつて教えたように剣を振っていた。

教えたように練習していたのがわかる。結構、努力家だな。

感心するけど掛け声が女の子っぽい……。

「うん。中々よくなってるよ」

「ありがとう！」

俺には【人物鑑定】スキルがないからわからないけど、ケイもそろそろ【剣戦闘】の二段階目にいくのではないだろうか。

【剣戦闘】

1：熟練者から基本を教わったレベル。

2：数ヶ月は訓練したレベル。

3：実戦でも使えるようになる。

熟練者である俺が基本を教えて一人で訓練をしていたわけだから、ケイの剣の才能は成長速度から考えて普通かやや優れているというところだろう。

「ところでさ。ケイの【火魔法】を見せてくれないかな？」

「え？　なんで？」

「魔法を見られる機会なんてそうそうないからさ」

俺がそういうとケイは嬉しそうにニヤっと笑った。

魔法ができる人はイヴァの世界でもほとんどいない。

女神に魔法スキルを授からないと魔法はできないからだ。

剣や弓といった武器スキルであれば、一度も使ったことがなくても熟練者から教わりながら使えば、得手不得手はあっても使い方を覚えていく。

武器使用の理屈はイヴァも地球と同じだった。

ただしイヴァの魔法はそれに該当しない。

「見たい？　魔法」

「見たい見たい」

「じゃあジンには特別に見せてあげよう！」

ケイが手のひらを前方に伸ばし目を閉じてなにやら集中する。

すると手のひらが赤い光を帯びる。

そして小さな火球が飛び出て地面に接触すると少しだけ燃え上がって消えた。

「おお！」

「ファイアーボールだよ」

「それが魔法かあ。俺には出来なさそうだな」

「え～。ジンが出来るとか出来ないじゃなくて、カッコイイとかそういう感想にしてよ」

魔法は武器とは違って出来ない者はまったく出来ないのだ。

魔法を使用するイメージがわかないからだと言われている。

武器と違って一度も使用できなければ、鍛えるも訓練するもない。上達できない。

このイヴァの世界では〝女神に魔法を授からなかったものは魔法を使えない〟とされている。

「も～なんなんだよ。せっかく見せてあげたのにジンは魔法スキル貰ったわけじゃないんだろ？　使えないに決まってるじゃんか」

「それがそうとも限らないいんじゃないかと思ってさ」

「え？　どういうこと」

魔法剣士バイネンとその弟子テイルだ。

「魔法剣士バイネンのことを知ってる？」

「バカにしないでよ。子供でも知ってる英雄じゃないか」

イヴァの世界では赤剣老主と互角の戦いをした魔法剣士バイネンは英雄になっている。

「じゃあバイネンが女神に授かったスキル知ってる？」

「知ってるよ。【剣戦闘】だろ？　もともと【剣戦闘】スキルが高かったのに女神からも授かったことで一気に【剣戦闘・極】までってアレ？」

ケイは気がついたようだ。

「そう。少なくとも俺達が知っているバイネンの伝説は女神から魔法のスキルを授かってないんだ」

「嘘!? じゃあどうやって魔法ができるようになったの？ ジンのほうが詳しいだろう？」

「それは秘伝らしく世間には伝わっていない」

「単純に【剣戦闘】の他に【魔法】スキルも女神様から授かったんじゃ？」

「いやバイネンは若いうちは剣だけで戦っていたと昔の剣伝録にも書いてあるよ」

「おかしいね」

「それで思いついたことがあるんだ」

「なにを？」

「バイネンは若くして敵がいなくなってしまったから戦場で戦っているんだよ」

「どういうこと？」

「つまり一対一で戦える相手がいなくなったから戦場で戦うことにしたらしい」

ケイがうんざりした顔をした。

「どっかおかしいんじゃないか……でもそれが？」

「戦場で戦うと魔法攻撃を受けやすくなるだろ？ 魔法兵部隊もいるからね」

「あっ！」

武器戦闘スキルを極めたものが腕試しで一対一で戦うことはよくあるが、魔法スキルを極めたものがそこに参入することはない。

なぜなら一対一の戦いでは肉弾系の戦闘スキル持ちのほうがスピードや体力といった身体能力で圧倒的に有利とされているからだ。

だが、戦場では逆だ。いくら究源流が離れた敵を攻撃できる奥義を持っていたとしても、魔法攻撃の範囲攻撃には敵わない。

護衛の兵に守られて詠唱できる時間さえあれば大勢の敵兵を同時に攻撃できる。

「もちろんバイネンは一対一の戦いでは敵がいなくなったから一対多の戦いを求めただけだと思うけど一兵士として戦場に出ると必然的に魔法攻撃を受けてしまうだろ」

バイネンは魔法攻撃を受ける中で何かに気がついたのではないだろうか？

そしてその後に魔法が使えるようになった。

魔法と剣の融合にバイネンとテイルしか成功していないのは、そもそも魔法ができる人口自体が少ないからではないかと俺は推測している。

「え？　それってつまり？　まさかボクに……ジンに魔法で攻撃しろって？」

俺は持ってきた袋を開けた。

「大丈夫。ポーションは持ってきたから」

魔道具屋で買ってきた高級ポーションだ。

それに俺には【セーブ&ロード】もある。

【フランシス王国王都。軍学校訓練場。セーブしました】

セーブ終了、準備オッケー!

「さあ! 思いっきりやってくれ!」

「いやいやいや。さっき地面が燃え上がったの見ただろ?」

「大丈夫、大丈夫! あの程度なら死にはしないから」

オスカーに目をくりぬかれた時と比べたらどうってことはない。

「無理無理無理、無理だよ〜! ジンってマゾなんじゃないの!?」

「生半可なことじゃ赤剣老主みたいにはなれないんだよ!」

「えええええ!?」

涙目でジリジリと後ろに下がるケイを俺は徐々に追い詰めていった。

「わ、わかったよ。やるよ。大火傷しても知らないんだからね!」

「覚悟の上だ。死にはしないだろ?」

「ボクの魔法の威力なら大丈夫だと思うけど……ジンの頭はどうなってるんだよ!?」

ケイは【火魔法】の詠唱に入る。

魔力は貯まったようだ。

「い、いくよ！」

「頼む」

「えいっ」

ケイが女の子のような掛け声を出すと拳大の火球が胸元に飛んできた。

一応、両腕でガードをする。

――ボォンッ！

火球は腕に当たって小さな爆発を起こした。

「ぐわあああぁ！」

「ジ、ジンッ！」

衝撃は小さいが、一瞬で腕が燃え上がった。

【セーブ&ロード】で数々のダメージを負ってきた俺でも相当な痛みがある。

「っ痛ぇ……」

「だ、だから言ったのに！」

「これでいいんだよ。くぅっ！」

バイネンもこうやって魔法を受けるうちに、自分も魔法を使えるようになった……んだと思う。

「そんなわけないじゃない……ひどい火傷……」

ケイが俺の腕を取る。

「ポーション持ってきたんでしょ？　どこ？」

「ズボンのポケットだ」

ケイがズボンのポケットに手を入れる。

「んがっ」

「と、取れない」

「それ違う！」

「なにが？」

ケイは俺のズボンのポケットからポーションの瓶を取り出そうとしていた。

しかしケイが取り出そうとしていたものは小瓶では無かった。

「痛たたたたた。違うケイ。それは瓶じゃないよ！」

「痛いなら早く取り出してかけないと」

「感触をよく確かめろ。ガラス瓶みたいに固くないし、ふにゃふにゃしてるだろ」

「感触？　ん？」

触り方が優しくなる。

「きゃああああああ!!」

ビンタが飛んできた。しかし躱そうと思ったらケイの攻撃なんて簡単に躱せる。

「も、もうなんで躱すのさ！　スッキリしないっ！！」

ケイが涙目で口を歪めて抗議する。

「反対側のポケットだ。先にポーションをかけてからビンタしてくれ！」

ケイは蛇の穴にでも手を入れるんじゃないかというようにビクビクしながら反対側のズボンのポケットに手を入れ、やっとポーションを取り出した。

火傷に薬液がかけられる。

「どう？　大丈夫？」

「うん。痛みがひいていくよ。ありがとう」

「もう」

ケイがぽいっと空の瓶を俺の顔に投げた。

今回は躱さなかった。

「で、剣狂いのジンさんはなにか魔法剣の秘密を掴めたの？」

「……まったく」

ケイが顔を歪める。そんな顔されたって。

魔法を受ければ、魔法の感覚が掴めると思ったんだけどなあ。

試しにケイの真似をして【火魔法】を唱えてみてもなーんにも出てこない。

「ボクに変なものまで掴ませたのにっ！」

「赤剣老主と戦えるような剣の秘密が一回程度で掴めるかっ！　もう一回、俺に魔法を撃ってくれ！」

【セーブ＆ロード】だってある。ガンガン受けてやる。

「ちょっちょっと！　もうポーション無いんでしょ！」

「構わん！」

「構うよっ、バカッ！」

ケイはもうヤダというように横を向いた。

生意気な弟子め。

「一回や二回で魔法の感覚が掴めるかよ。魔法が出来ないなら食らい続けるしかないだろ」

魔法の感覚は天与のものなのだ。

生まれながらにできるか女神からのスキル授与で魔法スキルを貰えたものしかできない。

出来ないなら食らうしかない。

当たっているかどうかわからないが、今思いつく方法がこれしかない。

「頼むよ」

「ヤダよ。ジンが怪我してももう治せないじゃない」

【セーブ&ロード】があるからとも言いにくい。

もう一回はしてくれたから【ロード】してまた食らってくるか？

でも効率が悪いしな。正直、ドカドカ打って欲しい。

そうだ。

「お金ならあるから回復魔法屋に行くからさ」

「それでもヤダよ」

この世界には回復魔法屋という場所がある。

かなり高額だが、外科的な怪我を回復魔法によって治してくれる。

俺は懐の布袋を確認した。

「よし。千ダラルあるな」

「お、お金なんか払ってもボクはしないからねっ！」

ケイは俺がお金を払って魔法を打てと言うと思ったらしい。

俺は剣を抜く。

「ちょ、ちょっとジン。なにするの？　えええええ？」

先程、火傷を受けた腕の辺りをスッパリと切った。

「ってぇ。これで良し！」

「な、何が良いのさ？　本当に狂ったの？」

良いこと思いついてしまった。驚くケイの顔芸が面白い。

「ちょっと行ってくる」

「何処にっ？」

「回復魔法屋」

ケイを置きざりにして走った。

◇◆◇◆◇

「あなたも変わってるわねぇ〜。千ダラルで二時間回復魔法し放題とか〜」

「いいからやってよ」

「はいはい〜」

ちょっと美人で有名なミラの回復魔法屋に来ていた。

うん。攻撃魔法を一瞬受けるよりも回復魔法で傷が治っていくほうが、はるかに魔力を感じる気がする。

五感を最大限にして傷の治りを感じる。

こりゃいいぞ。【セーブ&ロード】を何度もすれば魔法が使えるようになるかもしれない。

回復屋のドアが開いてケイが入って来た。

女主人が気だるそうに言う。

「すいません～。今は貸し切りだから生死にかかわらない傷なら他の店に行ってくださる～?」

「有名なミラさんの店に行くと思ったよ」

別に一番近い店を選んだだけなんだけどな。

「あら、お知り合い～? 可愛い子ね～」

「ボクは男です!」

ケイはプンプンと怒っていた。

この怒り顔を何百回でも見てやるぞ。

◇◆◇◆◇

「おどろいたわ～これって私の商売あがったりじゃない」

「う、嘘だろ。神殿で魔法のスキルを貰えなかったものは一生魔法が出来ないって言うのが人間の常識なのに。ジンは実は魔族なんじゃないか？」

回復魔法屋の女主人ミラに商売の心配をされて、ケイからは人間か疑問を持たれていた。

自分を傷つけ、そして回復魔法でそれを直す。

さらにそれを【セーブ&ロード】で繰り返した。

魔力で傷が直っていく感覚は魔力を感じるのに持って来いだったらしい。

【セーブ&ロード】を数千回繰り返したところで、回復魔法をためしたところ傷が治っていく感覚をわずかに感じることが出来た。

「確かに間違いないわ～。ほんのわずかな効果だけど～」

「こ、これ世紀の大発見だよ⁉」

一度でも魔法が出来たなら後はここから魔法スキルを伸ばしていけばいい。

魔法は剣のように0から1を身につけるのが不可能とされていたが、もう発動させたのだから一を二、二を三にしていくだけだ。

幸いここには教師も【セーブ&ロード】による無限の時間もある。

「魔力の流れを感じることに集中しなさ～い」

「はい！」

女主人ミラが回復魔法のレクチャーをしてくれる。

ケイが不満気にミラを横目で見た。

「商売上がったりじゃないんですか？」

「もう私は一生分稼いでるし～それにここまで若い子が熱心に努力してると協力したくなっちゃうじゃない～」

「ジンの熱心は度が過ぎてると思いますけどね」

二人が俺についていてなにか言っていることに気がついた。

集中力が途切れた証拠だ。

「くそっダメだっ！」

魔法というものをやってみてわかったが、発動にものすごい集中力と精神疲労をともなう。

俺が急に声を荒げて魔法を中止したので二人は顔を見合わす。

「全然ダメじゃないわよ～私の店でアシスタントを頼みたいぐらい～」

「さっきまではボクにはわからないぐらいの効果だったけど……もう見てわかるぐらいの効果になってるじゃないか！」

安全な場所でこうやって傷を直すなら良いだろう。

「発動するだけでこれほど集中力が必要で疲れるなら戦場では使い物にならない」

ましてや老主クラスのバケモノとの戦いの最中に魔法を使うなんて。発動しようとした瞬間にバラバラにされてしまうだろう。

剣だけで戦ったほうがはるかにマシだ。

「バイネンは一体どうやって剣と魔法を融合させたんだ？」

ミラが俺を指差してケイに言った。

「本当にアナタが言うように剣馬鹿なのね～」

「はい。お恥ずかしい」

いつの間にか二人は仲良くなっていた。

回復魔法屋を出る。同じ家に帰る途中、ケイに話しかけた。

「これじゃあ飛躍的に強くなったとは言えないな。回復の魔法が使えるようになったことで継戦能力は上がったけど」

今の状況を伝えて魔法の先達であるケイに意見を求めたかったのだ。

「魔法は出来るようになった。魔法さえできれば他の系統の魔法も出来るようになった人の話は聞くから攻撃魔法もできると思うけど、剣と魔法の融合ってどうやるんだろうなあ？」

ところがケイは魔法のこととは関係ないことを言った。

⑧　理由

「ジン……回復魔法が出来るようになっただけでも、世間には例がないほどの大発見なんだよ」

そうかも知れないが、強くなれなかったら意味はない。

「でも強くなれないとなあ」

「なんでさ。なんでそこまで強さにこだわるの？」

「理由はあるんだけど……」

他人から見たらそう思えるのだろうか。もちろん理由はある。

「理由があるなら教えてよ」

「笑われるからな。教えられないよ」

このことはクレアにすら話したことはない。エリスとスネイルとイアンには話したことがある。

だが、誰も信じていない。

ケイが真剣な顔をする。

「笑わないよ！」

「笑う」

「笑わない！」

「笑うよ」

ケイがコブシを握って上下に振って王都の往来で叫ぶ。

「笑わない笑わない笑わなーい！」

俺が話をする前に往来の熟年女性達……ありていに言えばおばさん達に笑われてしまった。

「なにアレ可愛いわね」

「彼氏と喧嘩してるのかしら？」

〝コレ〟男なんですけど。

「わかった。わかったよ。まだクレアもパン屋で働いてるだろうし、家に帰ったら話そうな」

「ホント？　やったあ」

◇◆◇◆◇

家に帰る。

「ただいま」

「ただいま～」

やはりクレアは居なかった。

ケイは微妙に揃えた足を斜めにして座った。そして太ももの上に握った手を乗せる。

これが男の座り方なのか？

「さっ。話してもらうよ」

「えーい話してもらうよじゃない！」

俺はケイの腕を掴んで立たせて背中を押す。

「え？　えっ？」

寝室に連れて行ってベッドに突き倒した。

「ちょっちょっと、なんなの？　やめてジン……」

やめてじゃない。こっちは人生の秘密を話すんだ。

聞くリスクは負ってもらう。

ベッドの上でアレぐらいはしてもらわないとな。

「痛いっ！　やめてっ！　許して……お願い」

「ダメだ」

ケイが哀れを誘う声で許しを請う。

しかし、俺は絶対に許さない
「ちゃんと正座しろっ！！！」

「なんなの⁉　この痛い座り方は！」

イヴァの人にとって正座は苦痛だろう。

だが、これは俺がかつていた世界で住んでいた国の、話を聞く正式なスタイルなのだ。

「わかった！　わかったよ！　ボク頑張るから話してよ！」

ケイは目に涙を浮かべて正座をしている。

俺も正面に正座する。

話すか。俺の身に起きた不思議な出来事を。

「実は……俺は地球という異世界に……」

転移したことがあると言おうとした時だった。

何かがドサッと落ちた音がした。

かごからパンがコロコロと転がっている。

扉のほうを見るとクレアが立っていた。

こちらもケイも必死だったので気配に気が付かなかったのだ。

「あんっ」

ケイが一筋の涙を流してベッドに横たわる。

足のしびれに耐えきれなかったのだろう。

「ち、違う！　クレア違うぞ！」

「う、ううん。いいの……」

「わかってくれてるのか？」

「うんわかってる」

驚いた顔はしていたが、頷いている。

「男×女だったら困るけど、男×男でしょ？　ジンは両方できるんでしょ？　なら私……いいから……」

「ちょっと待て！　全然わかってないから！」

日本のことは、まずはクレアの誤解をといてから話さなければならなくなった。

けれど丁度いい機会かもしれない。

クレアにもいつかは話そうと思っていたことだ。

◇◆◇◆◇

「えぇ？　異世界？」

早くも正座が我慢できなくなって、ベッドの端に足を投げだして座っていたケイがいぶかしげな顔をした。

笑われはしなかったが、ケイにとっては異世界という単語はいぶかしいようだ。

「そ、そうだよ。姉さんと村の廃屋に隠れたんだ。でもモンスターを率いる魔族に見つかってしまった」

異世界と聞いていぶかしげな顔をしたケイが緊張した面持ちになった。クレアもだ。

イヴァの世界の人はモンスターや魔族に殺されているものも多い。

「あの頃、俺は子供だった。村の大人も殺されてもうダメだと気がついた時には、俺はこの世界とはまったく違う世界にいたのさ」

クレアとケイが顔を見合わせる。

「ホントかな？　ボクをかついでるんじゃ」

クレアが少し微笑む。

「私はジンを信じるわよ」

「ありがとう。信じない奴もいるけどな」

俺はケイを責める目で見た。

「うっ。信じてないわけじゃないけど異世界ってなんなのさ？」

「イヴァとは違う世界さ。俺は日本って国に転移した」

「つまりハーゴ村がモンスターに襲われて全滅した時に、ジンだけ地球ってところに転移して助かったと？」

「うん。エリス義姉さんも助かったけどね」

俺の出身のハーゴ村は魔族領が近い。

貧しい農民が開拓民として入植してできた村なのだ。

それでも自分の土地を持たせてくれるとか、そんな名目で入植するものは後を立たなかった。

死んだ両親もハーゴ村に入植して俺を産んだ。

だがそういった村は何度もモンスターや魔族に滅ぼされている。

「姉さんもゼロ能力者なんだ。【テンイ】ってスキルを持っていて誰も意味がわからなかった。いや今でも正確な能力も発動条件もわかってない」

姉さんのスキルが成功したのは後にも先にもあの時だけだという。

俺が姉さんについて話す。クレアが聞いてきた。

「つまりエリスさんのスキルでジンは日本ってところに行ったってこと？」

「そういうこと」

「……」

二人が静かになる。

こんな話を聞かされても笑うか黙るしかないだろう。

スネイルやイアンには大笑いされた。

ちなみにあの二人は俺が日本から帰ってきた後に家族でハーゴ村に入植してきたのだ。

「日本ってどんなとこ？」

「ジンとお義姉さんのスキルはどうなってるんだよ」

どうやらクレアとケイは、スネイルやイアンとは違うようだ。

後々話さないといけなくなるだろう俺と姉さんのスキルの話は置いといて、クレアに懐かしい日本のことを話した。

「日本は最高だよ」

「どんな風に？」

「ともかく平和だよ。魔族もモンスターもいない。竜族もいない。ドワーフもエルフも獣人すらいなかった。知的な生物は人族しかいないんだ」

「えええ？」

数の少ないマイナーな種族まで入れれば、イヴァの知的生物の種類は百を超えるかもしれない。

クレアやケイにとって、それがいない世界は驚くべきことなのだろう。

「魔法もない」

「魔法がないの？　使える人が少ないとかじゃなくて？」

「あぁ。いないんだと思う。代わりに科学技術や文化が発達している」

俺は日本のことを思い出しながら車や電車、飛行機などといった移動手段や携帯電話やインターネットといった通信や情報取得手段、家やビルといった建築物について話した。

二人は目を丸くする。

「嘘だとしても、ジンの発想が凄いよ」

「だから嘘じゃないって」

「ご、ごめん」

疑っていたケイですら今は日本の話を真剣に聞いている。

どうやら日本の文明は空想であったとしても、イヴァの人には凄い話らしい。

スネイルやイアンにもここまで詳しく話していなかった。

ちゃんと話せば信じてもらえたかもしれない。

「ご飯も美味しくてさぁ」

クレアがはっと思いついたように聞いてきた。

「たまにジンが私に教えながら作ってくれるご飯って、ひょっとして日本の？」

「そうそう」

「変だと思ってた。私達出身地方が同じなのに見たことのない料理だもの」

「美味いだろ？」

クレアが首を縦にブンブンと振る。

「嘘でしょ⁉　ジンが料理をして、しかも美味しいなんて」

「あ、また疑うのか？」

ケイは信じないようだ。

そういやケイが来てからは、俺は料理を作っていない。

「だってイメージできないよ。剣バカのジンが美味しいご飯を作れるなんて」

「じゃあ見たこともない美味しい料理を作ったら異世界転移も信じるってことだな」

ケイが目をぱちくりさせる。

「確かに。理論的にはそうなるね」

「じゃあ作ろう」

ちょうど夕飯時だ。座っていた二人が立ち上がる。

賛成のようだ。

「ボクが知らないような料理だよ」

「はいはい」

イヴァの人が知らないような料理か。

「クレア～今日は食材なにあるの？」

「パンと鶏肉と卵とジャガイモと～」

「牛乳と油もあったよね」

「うん。ひょっとしてアレ作るの？」

「そうそう」

クレアはなにを作るかわかったようだ。

ケイが不満気に口を膨らませた。

「ボクを蚊帳の外にして楽しそうだね。でもクレアさんも知っている料理じゃ異世界のものかわからないじゃないか？」

「ならクレアが知らないものも作る。材料が一つ足りないから買ってくるね。クレアはアレの準備してて」

「また私が食べたことのない料理を作ってくれるんだ！　楽しみ～。はーい」

クレアの返事を聞きながら俺は食料品店に向かった。

◇◆◇◆◇

買い物をして帰ってくると、ケイがクレアの調理に驚いていた。

「ちょっちょっと!?　これじゃあ油でびちょびちょになっちゃうよ」

「これでいいの」

「え？　お肉をどうして小麦粉にまぶすの？」

「いいからいいから」

よし。俺は俺でクレアの知らない料理を作りますか。

◇◆◇◆◇

「唐揚げっていうの……めちゃくちゃ美味しい……」

「でしょ？」

「はふはふっ、アツッ！」

ケイが美味しそうに唐揚げを頬張っていた。

「お肉に小麦粉をつけて熱した油の中にいれるなんて変な料理なのに」

「ジャガイモを油に入れた料理も美味しいよ。揚げるっていう調理法なんだけどね」

イヴァの世界の料理法は焼く、茹でる、蒸すはあっても、油で揚げるという調理法はない。

ケイがフライドポテトを口に入れる。

「外は熱で固まってるのに中はほこほこしている……」

「フライドポテトだ」

「美味しい……う、うううう。でもまだ！　最後の料理を食べてない！」

クレアもこれは食べたことがない。

「パンをさらに焼いたもの？」

「そうそう、牛乳に浸してね」

「美味しそうね。頂きます」

「待った。せっかく走ってこれを買ってきたんだから」

俺は小さな小瓶を取り出した。

「あああああ。それ蜂蜜《はちみつ》？」

「そうだ。これを焼いたパンにかけてくれ」

「そんなものどう食べたって美味しいじゃん！　ずるいよ！」

甘いものが少ないイヴァの世界では蜂蜜はかなり高価な貴重品だ。

唐揚げとフライドポテトに満足気だったケイがまた顔を膨らませる。

「いいからいいから。それの上に蜂蜜をかけて食べてみなよ。本当に美味しいからさ」

「う〜」

クレアは早く食べたかったようでケイを適当になだめて、料理を口に入れた。

「おいしいいいいいいいいい！」

「ふふふ。フレンチトーストという」

クレアの反応に、ケイは冷ややかな目を向けた。

「パンに蜂蜜かければ、こんな変な料理にしなくたって美味しいよ」

ケイも一口食べる。

その瞬間、ケイが目を閉じて上を向いた。

「ケイ？」

返事がない。どうしたんだろう？

「お、おい。大丈夫か？」「話しかけないで……」

「は？」

「パンからじゅわっと出てくる牛乳と蜂蜜の甘さを味わってるの……」

「ははは。美味いだろ？」

フレンチトーストは女の子が好きなスイーツみたいなもんだからな。

ケイは男だけど。

「どうだ。パンに蜂蜜かけただけと言ったのを反省するか？」

「ううぅ。反省します」

「異世界の料理だって信じる気になったか？」

「これはもう……信じないわけにはいかないね」

やっと信じてくれたらしい。誰かに異世界の話を信じさせるには料理を作ろう。

ところがケイがまだ訝しげな顔をしている。

まだなにか疑っているんだろうか。

「それでどうしてジンはいつも剣、剣、剣。自分の体を傷つけてまで強くなりたいって言ってるのさ？」

「へ？」

「だから平和で凄い科学が発達しててご飯も美味しい日本に行って、どうして強くなりたいと思ったの？　というかどうして日本から帰ってきたのさ？」

「あっ」

すっかり忘れていた。

そもそもケイにはどうして強くなりたいかを聞かれていたんだった。

日本の話を信じさせるために肝心のそれを忘れていた。

「実はその平和だった日本も滅んだんだ……」

「え？」

ハーゴの村が襲われた事件と同じ調子で、俺は日本で起きたことを語りはじめた。

俺はまず日本に来た時のことから話しはじめた。

「日本は凄い国でさ。身元不明で日本語が話せない俺でも大切に保護されたんだ」

「保護された？　誰に？　日本の貴族に？」

ケイの質問はイヴァの世界の幸運だろう。

そんな子供が居たらイヴァの世界だったら普通は農奴として売られる。

いや、それすらも幸運か。野垂れ死にが一番多い。

老主の赤風教団が近くにあれば……子供も拾っているという噂がある。未来の兵隊として。

「違う違う。日本に貴族なんていないない」

「貴族がいない!?」

「一応、昔からの家柄で象徴になっている方はいるけど皆平等だよ。もちろん貧しい人も富める人もいるけど平民が貴族を殺したら一族死刑で、逆は許されることもあるなんてことはない。いや貧しい人はあんまり居ないかな？」

「そ、そうなんだ。皆平等で豊かで良い国だね。ね、ねえクレア？」

ケイがクレアに同意を求める。

「う、うん」

よくわからないと言った感じで頷いている。そりゃそうだろうと思いつつ話を続ける。

「だから俺は国の孤児院で生活してたんだ」

「それは苦労したんだろうね……」

ケイは勘違いしている。

確かにイヴァの孤児院は教会が貴族からの寄付を集めるために申し訳程度にやっているようなところだろうけど。

「天国みたいなところさ。三食暖かいご飯が出て、立派なベッドで寝られる。それどころかお風呂もあるよ。お菓子だって出る時がある」

「お菓子？　フレンチトーストよりも美味しいお菓子がでるの？」

そうは言ってないけど。

「それどころか……学校にも行かせてくれる。学校では親のいる子供と一緒に勉強するんだ。差別はないよ」

「軍学校に入れられて兵士にさせられるとかじゃなくて？」

「日本に軍隊はない。一応それっぽいのはあるけど」

「ええええええ⁉　名目じゃないの？」

今度はクレアが驚いて聞いてきた。

「名目か。鋭いと言えば鋭いけど……本当に防衛するための力はあるけど侵攻能力はないみたいなんだ」

「ど、どういうこと？」

「ま、まあ話がそれるから。ともかく日本の孤児院は全然悪くない。まあ一緒に入ってた日本人の子供は、この場所は自由がないとも言ってたけどね。だけどイヴァの開拓村で生活していた俺にとっては天国みたいなところだったよ。キツイ労働もないしね」

「お菓子があってお風呂に入れて学校があって労働がない。貴族みたいじゃないか？　凄く豊かってこと？」

「うん。まあそうだ」

さらに言えば、俺が時たま話すイヴァの話も孤児院の子供、いや仲間達はバカにしながらも蔑《さげす》むことはなかった。

彼らも自分で親を捨てたとか、本当は御曹司《おんぞうし》だとか、そんな話をしてバカにしあったものだ。

「俺は日本語を喋れるようになって、日本の生活に慣れていった。でも学校の体育の時間は馴れなかったな。日本人とイヴァの人族では身体能力が全く違っていた」

「日本人って凄いの？」

「逆さ。学校の体育の時間なんかは目立たないように大分抑えた」

「まあジンは売り出し中の剣士だもんね」

クレアが笑ったが、そんなもんじゃない。本気を出したら複雑な技術を必要としない個人競技ならすぐにメダルが取れるだろう。

「それでも身体を動かす遊びは楽しかったな」

「女の子にモテそうだもんね」

ケイが爽やかな笑顔で言った。だが声はどこか冷たい。

「ま、まあ。孤児院の子供は建物のなかでゲームをしてるヤツもいたんだけど、最初の頃は身体を動かす遊びをしていた」

外で身体を動かす遊び、つまりサッカーだけど、そう言ってもわからないだろう。

「ゲーム?」

おう……サッカーもわからなければゲームもわからないか。

「えっと家でやる遊びなんだ。テレビ……わかんないよな。なんていうか。そうだ映像の人形が出てきてさ。それを自由に動かせるんだ」

「どうやって?」

「ちょうどフレンチトーストを出した小皿ぐらいの大きさの操作盤でね」

クレアが聞いてきた。

「よくわかんないけどお皿を手に持って映像の人形を操作する遊びってこと?」

「おお! そんな感じ、そんな感じ!」

ケイが変な顔をする。

「そんな遊び面白いの?」

「よく聞いてくれました。俺も最初はケイと同じように思ったんだけど、すっごく面白くてさ。外で遊ばなくなってゲームばっかりしてた」

イヴァの世界でゲームの話ができるとは思わなかった。

「色んなのがあってさあ。かみきりむしの夜だろう、梨鉄だろう、ゾンハザだろう、ワルオだろう、モンツクだろう」

俺はそれぞれのゲームの面白さを語り尽くした。

「わかった、わかったよ。なんか外で遊んでいたほうが健康的に思えるけど……」

イヴァでもそう思うのか。日本でもオタクになったとか言われたし。

「そのゲームがどうしたのさ。どうして日本は滅んだのさ？　皆がゲームをやるようになって滅んじゃったとか？」

「まさか。あくまで遊びさ。日本が滅んだこととゲームはもちろん関係ない。ちょうど俺がラストファンタジーというゲームにのめり込んだ頃に滅んだのさ……」

そういえばラストファンタジーは少しだけイヴァに似た世界観だった。

人族がいて魔族がいて竜族やエルフ、ドワーフ、獣人もいる。あのゲームで【セーブ&ロード】の価値を知った。

ケイが聞いてきた。

「どうやって滅んだのさ？」

「どうやって滅んだかは俺にもわからない」

「えええ？」

そう。どうやって滅んだかは俺にもわからないんだ。

「ある朝起きたら日本が一面瓦礫《がれき》の荒野になってた。荒野というかえぐられた大地だ。いる場所が孤児院だというのだけは辛うじてわかった。でも俺は無傷だったんだ」

クレアが真剣の表情だ。

「魔法部隊による攻撃ではないのよね」

「地球には魔法はない」

「そう言ってたよね。剣や槍や弓の奥義？」

「そんな範囲じゃないよ。視界はすべてえぐられた大地だった」

クレアがワンテンポおいた。

「その地球って車とか飛行機とか凄い科学技術だけど、それを応用した武器ってことはない？」

クレアは相変わらず鋭い。

「実は日本というか地球にはそれを実現できる武器……兵器はある」

核兵器だ。だけど。

「あの平和な日本がそんな兵器を使われる状況だったんだろうか？　確かに周辺には変な国もあったんだけど……急にそこまでするとは思えない。それに俺だけ生き残ったのはわけがわからなかった」

「それからどうなったの？」

「歩いたさ。誰か生きてないのかって捜してね。日本で親代わりになってくれた孤児院の職員さんはいたし友達も沢山できたんだ……」

クレアとケイは黙って聞いていた。

院の先生や仲間が誰か一人でも生きてないかと必死に歩いたことを思い出す。でも広がる光景を見ればすぐに理解せざるを得なかった。ハーゴ村の時と同じだ。

こうなった原因はわからないけど誰も生き残っていないだろうと。

「歩いて歩いて……でも何もない荒野だった。水も食料も何もないし倒れたよ。そしたら……」

「そしたら？」

クレアが詰まった俺の話を促す。

「……天使が降臨したんだ」

「天使？　天使ってなに？」

「ああ、そうか天使も悪魔も知らないんだったな」

イヴァの世界には魔族がいて、人間のような姿のものもいれば、悪魔のような姿をしたものもいる。

「地球の宗教に天使と悪魔っていうのがいるんだ。悪魔は魔族みたいな感じかな。天使は文字通りイヴァで言うなら女神エリスの使いみたいな感じかな」

「エリス様の使いが目の前に？」

「ああ。羽が生えて光っていた。忌々《いまいま》しいことに逆光で顔は見えなかった」

「忌々しい？　女神様の御使いが？」

あんな忌々しい存在があるだろうか。

「言ったんだ。天使が……」

「言った。なにを」

「〝この世界の役目は終わりました。アナタはイヴァの世界に帰りなさい〟ってね。その瞬間、俺は理解したんだ」

「そ、そんな……ひょっとして」

「ああ。日本を滅ぼしたのはコイツだとね」

クレアもケイも沈黙していた。

「光りに包まれて気がつくと数年ぶりに懐かしいハーゴの村に戻っていた。空気が本当に美味かったよ。飯は日本のほうが美味かったけどね」

「……でも天使はなんで日本を滅ぼしたの？」

沈黙を破ったのはクレアだった。当然の疑問だろう。

「さあな。全然わからないよ。俺だけをイヴァに戻したのもわからない」

「それでジンはどうして強くなりたいのさ」

ケイが恐る恐るといった様子で聞いてきた。

「ハーゴ村を滅ぼした魔族も日本を滅ぼした天使も斬る！」

Save & Load

外伝

山の守り神と獣人

気が付いたらハーゴ村の外れだった。

荒野になった日本から懐かしい景色が目に映る。

ハーゴ村は魔物に襲われる前のような平穏を取り戻していた。黒煙を上げて燃えた家々は元に戻り、炊事の白い煙が立っていただけだった。

「村が襲われたことも、日本に行ったことも、なにもかも夢だったのか？」

そうだ。五年は日本に居たのだ。

成長期の自分が成長していれば、時間が経過したということだ。

自分の腕を見る。だが毎日見ている自分の体は五年とはいえ、成長しているのかすぐにはわからなかった。

ハーゴ村には鏡などはないだろう。

日本だったら鏡など百円ショップにも売っているが、イヴァの世界では高級品だ。

ともかく村の外れでは本当のところ村がどうなっているのかわからない。

村の中心に向かって走った。

「幻覚じゃない。本物の家だ……」

だが、村の広場までいくと記憶している家とどこか違うことに気が付いた。

「お前、誰？」

急に声をかけられて振り向く。

すると痩せぎすの少年とやや太った少年がいた。

年のころは俺と同じぐらいだったろうか？

それがスネイルとイアンとの出会いだった。

◇◆◇◆◇

フランシス王国の北方には竜族の国があって、南方には魔族の国があり、東方には獣人の国がある。

人の盟主国として西方にある弱小諸国の安全保障の肩代わりもしている。

地球でいえばアメリカとその同盟諸国の関係に似ているかもしれない。

だからこの国の少年の多くが、騎士団に入隊することを望む。

庶民としては最高の身分と待遇を得ることができて、愛国心まで刺激される。

俺は騎士に憧れるというよりは強くなって今度こそ大切な人を守りたいという気持ちのほうが強かった。それでもスネイルやイアンと騎士団に配属されるための軍学校に入学できたのは嬉しかった。

「ジン頼むよ。ハクロスミレを採ればきっと……」

軍学校の食堂にスネイルの哀願が響く。

明日から休日を利用してスネイルがハクロ山に咲く花を採りに行きたいというのだ。

「別に普通の花でいいじゃないか」

ハクロスミレがどれだけ危険な場所に咲くかわかっているんだろうか？

「高い服もダメ、ちょっとしたアクセサリーもダメ」

いずれ軍人になることをアピールして複数の女の子に声をかけたスネイルは、逆に酒場で働くパウラという女の子にやられてしまったらしい。

なんのために騎士になろうとしているんだか……。

「パウラちゃんは心が綺麗だからお金じゃダメなんだよ。苦労して手に入れたプレゼントという誠意を見せたくてさ」

誠意が聞いて呆れる。

隣にいるイアンも反対することだろう。

ところがイアンは黙って俺が贈った盾を磨いていた。

「イアン。ひょっとして行くつもりなのか？」

「え？　まあね。スネイルは言っても聞かないし」

イアンはいつも俺達の無茶に不満を言わずに付き合ってくれる。

良い奴だなとは思うけど、今回は危険じゃないだろうか。

「ハクロ山に住むハクロワシは【弓戦闘・極】の一段階目の狩人でも逆にやられてしまったってよく聞くぞ」

ハクロワシは鳥類系最強のモンスターとも言われている。

羽を広げればちょっとした家ほどの大きさがある。

さらに剣では近寄っただけで天空に舞われてしまうため、スキルレベルが【剣戦闘・極】の二段階目でも倒すことができない。

もちろんその後はするどい嘴《くちばし》と爪が天空から急降下してくる。

そこで弓スキルを極めた狩人が腕試しにハクロワシを狩りにいくのだが……というわけだ。

スネイルが言った。

「大丈夫、大丈夫。なにもハクロワシを狩りに行くわけじゃない。花を採りに行くだけなんだしな」

確かにハクロワシは先に手を出さなければ、人間を積極的に襲うことはないと聞いている。

ハクロスミレを採りに行くだけなら大丈夫かもしれない。

「仕方ない。行くか」

「おお、ありがとう！　持つべきものは友だぜ！」

午後の授業も終わって俺は王都に借りている借家に帰った。

◇◆◇◆◇

「モテたいがために珍しい花が欲しいなんてスネイルの奴。ハクロ山はかなり危険なんだよ」

夕食の席で明日ハクロ山に行くことになった経緯をクレアに話した。

パウラがいる酒場に皆で行ったことあるからクレアもパウラのことは知っている。

「でも一緒に行ってあげるんでしょ？」

「まあ……ね」

「なら安心だ。ジンがいるなら二人も大丈夫でしょ」

クレアはニコニコしている。

ハクロワシが有名な狩人を何人も返り討ちにしているのを知らないのかもしれない。

席を立ってお皿を洗っていると急に後ろから抱きしめられる。

「気を付けてね」

「ああ、うん」

やっぱり心配してくれていたらしい。

◇◆◇◆◇

翌朝、俺の家に二人が迎えに来る。

「はい。ジンお弁当」

「ありがと。じゃあ行ってくるよ」

スネイルが羨ましがる。

「いいな。お前はクレアさんにお弁当まで作ってもらってさ」

「なんだよ。お前がパウラに気に入られるために花を採ってくるんだろ」

クレアが遠くから叫ぶ。

「多めに作ってあるから皆と食べてね～」

スネイルとイアンが笑顔になった。

教えなくてよかったのに。

◇◆◇◆◇

ハクロ山は王都から比較的近い。近くまでは軍学校の訓練で行ったこともある。

現地の一般人でも登れないことはないが険しい岩山だ。

街道を歩くとお昼時になった。

皆で持ってきた弁当を食べながら二人と今回の旅について話した。

俺は今回の計画に参画してないのだ。明日から急に来てくれたと頼まれている。

「ハクロ山が近いと言ってもな。花が生えている山の中腹につくころには真っ暗になっちゃうんじゃないか？」

スネイルが地図を広げて山のふもとの指さす。

「ああ。今晩はふもとの山小屋に泊まるんだ」

「え？　泊まるのか？」

「そりゃそうさ。暗い山で迷ったらどうする？　明日は早起きして山に登る。ハクロスミレを採ったらすぐに王都に帰るぞ」

すぐに帰って酒場に直行。パウラに花を渡すってわけか。

「泊りだったのか。クレアに言ってないし、宿賃足りるかな」

「大丈夫。クレアさんには言ってあるし、宿代は俺が持ってやる」

スネイルが胸を叩いた。

いつの間にクレアと話したんだろうか。それにスネイルの私用を手伝うんだから宿代は当然じゃないか。

「おい……ジン！」

食べてばかりいたイアンが急に叫んだ。

「美味しいねえ！」

「なにがだよ？」

「このおにぎりっていうの？」

イアンはどうやらおにぎりが気に入ったようだ。

「ああ。本当なら海苔《のり》があるともっと良いんだけどなぁ。梅があったからなんとか梅干しは自作できたんだけど」

イアンが目を輝かせる。

「こ、これより美味しくなるの？」

ここまで興味を持ってくれるとなんとかしてあげたい気になる。

それらしい海藻を紙状に重ねて干せば、ひょっとしたら海苔ができるかもしれない。やってみるか。

「スネイル。今度は俺の海苔作りに付き合えよ」

「はいはい。またジンさんのニホンの食材探しね。お付き合いしますよ」

あるとしたら海の岩礁だろうか？　牡蠣《かき》やアワビなんかもいたりして。

「僕もそれ手伝うよ」

イアンが口の端に米粒を付けながら言った。

相変わらずいい奴だ。

◇◆◇◆◇

お弁当を食べてまた出発した。山のふもとに着いた。

「お、あの小屋だな。いくぞ」

スネイルが地図を見ながら小屋のほうに向かっていった。

山小屋は小屋と言うが、語感ほどは小さくない。

イヴァでも地球と同じように登山者が宿泊や食事をする施設を意味している。

食料なども販売される。

いや、イヴァの世界のほうが山の鉱物や植物やモンスターを狩って生業とするものが利用するので建物も大きいかもしれない。

レジャーがメインではない。

少なくとも地球より賑わっている……はずだった。

玄関から入っても誰もいない。

「なんかガラガラだな」

「それどころか管理人さんもいないいね」

山小屋ののなかは静まり返っていた。

ひょっとして本当に誰もいないのだろうか……？

「お客さん？」

奥から高音の声が聞こえる。

三人で顔を見合わせる。スネイルもイアンも誰かいるようで安心したようだ。

「珍しい。いらっしゃい」

暗い奥から出てきたのは俺らよりも少しだけ年下に見える少女だった。

ショートパンツから出ている太ももがまばゆい。

いかにも山で鍛えられているといった筋肉だった。

そして灰色の髪の上にはちょこんと三角形の耳が付いていた。

「あ、ど、どうも……。こ、こんにちは。獣人？」

スネイルがなぜか言葉をつっかえた上に獣人と言ってしまう。

「獣人で悪い？」

俺は慌てて言った。

「いや全然悪くないよ。ごめんね。スネイルわざわざそんなこと言わなくても」

「す、すまん」

フランシス王国は東方の獣人の国とは同盟関係を結んでいる。

国内にいる獣人もたまに見かける。

彼女はおそらく猫型獣人なのだろう。よく見るとショートパンツの後ろには尻尾も見えた。

「こっちこそごめんね。あんまり客が少ないから気が立っていて。他のお客さんもいないしサービスするよ」

笑った顔が可愛い子だった。

彼女の名前はマヤというらしい。

「夕飯は山鳥の生肉を焼いたものと雪ネズミの燻製《くんせい》スープどっちがいい？」

何か決める時は大体スネイルが決めるが、なぜかボーッとしている。

「お、おい。スネイルどうした？　まあいいや。山鳥のほうで頼むよ」

雪ネズミの燻製スープは確かこの辺で冬だけとれるネズミで高級品だが、日本に住んでいたこともある身としては山鳥を選択させてもらった。

それにしてもこの閑散っぷりはどうしたというのだろう。

まさか日本で読んだ「注文の多い料理店」という話のように……実は客が食べられる店なんてことはないだろうな。

マヤの金色に光る猫目は妖しい魅力があった。

◇◆◇◆◇

「へぇ。マヤはお父さんと二人でこの山小屋をやってるんだ」

他に客もいないのでマヤも加わって四人で夕飯を食べる。

「うん。獣人のお父さんとね。私のお母さんは人間だったんだ。病気で死んじゃってね。」

「そうなのか。でもお父さんも」

居ないじゃないか、なにか怪しい。

「あ～お父さんはお客さんが少なすぎるから都に出稼ぎに行ったんだよ」

なるほど。お父さんがいないことは納得できた。

ただ、出稼ぎにいく前提となるお客さんが少ない理由がわからない。

マヤが獲ったという山鳥も美味しいし、サービスも良い。

「どうしてお客さんがこんなに少ないんだ？」

「そうだ。私もお客のアナタ達に聞きたかったの。どうしてこの山小屋に来たの？」

「え？」

「ひょっとして知らずに来たの？」

「なにが？」

「ハクロワシが人を襲うようになった理由よ」

「な、なんだって？」

その瞬間、すべて謎が氷解した。

いかに獣人とはいえ、荒くれの冒険者も泊まる山小屋を少女が一人で切り盛りしているので変な疑い方をしてしまった。

どうやらスネイルよりも獣人に偏見があったらしい。

イアンが山鳥を美味しそうに食べながら、その合間に聞いた。

「ハクロワシって凄く強いけど、こちらから手を出さなければ襲ってこないんじゃないの？」

「それが一年ぐらい前から積極的に山に登る人間を襲うようになっちゃったの」

「そうなんだ」

「おかげでお客さんはさーっぱり。お父さんも出稼ぎにいかないといけないから。今日はアナタ達が来てくれて賑やかになって楽しいわ」

山鳥は美味しいし、マヤと話せたことは俺も楽しかったが……。

「ハクロスミレは諦めたほうがいいかな」

「アナタ達はハクロスミレを採りに来たの？」

「ああ。俺たちはモンスター狩りや素材収集するために来たんじゃないんだ。珍しい花があるって聞いて変かな？」

ハクロスミレは珍しいが金銭的価値があるとは聞かない。

「変じゃないよ。とっても綺麗な花だもの。でも止めたほうがいいわね。ハクロスミレの生える中腹はハクロワシの巣のそばだから」

「そう……」

そうするよと言おうとした時だった。

スネイルが急に立ち上がってマヤの手を握る。

「大丈夫です。マヤさん！　人を襲うハクロワシは必ず僕達が倒します！」

は？　手を握られたマヤは目を白黒させているが、俺も意味がわからなかった。

「ちょっとなにいってるのアナタ」

俺が言いたいことをマヤが言ってくれた。

そもそも俺らはハクロワシを倒しに来たわけじゃない。

ハクロスミレを採りに来たのだ。

「そうすれば、お客さんも戻ってきて、またお父さんと一緒に住めますよ」

「無理よ」

スネイルがおかしなことを言いだした理由がわかってきた。

つまりマヤにということだろう。

おいおいパエラはいいのかよと思ったが、マヤのさびしそうな様子を見るとわからなくもなかった。

「こう見えても俺達強いですから」

「強いってハクロワシのことは知ってるでしょ？　それに人を襲っているハクロワシは普通の個体よりずっと大きいのよ。危ないから！」

「大丈夫、こっちのジンは【剣戦闘・極】で、イアンは【盾防御・極】ですから」

「嘘でしょー!?」

◇◆◇◆◇

スネイルとイアンは山小屋の部屋で大いびきをかいている。

剣の訓練は一日さぼると三日後退する、二日さぼれば一か月、三日さぼれば取り返しがつかない。

訓練をしなくても実践ができればいいが、あいにく朝からモンスターとも遭遇することはあった。

ありがたいことに月が出ていて夜目が効く。

こんな夜の日は究源流の理性の剣より、本能の剣である赤風教のほうがいい。

心のリミッターを外して剣を振るう。

草原のため剣風に巻き込まれた辺りの草が自分を中心に巻き上がった。

宙に浮いた草を無秩序、いや滅茶苦茶といったほうがいいくらいに斬りつける。

草は細切れになって風に消えた。

「まだまだだな。理性を外しながら正確な剣を振るうことができていない。細切れ……では」

赤剣老主ならばまさに文字通り雲散霧消させるはずだ。

「わー凄いね」

「！」

自分の体が無意識に背面飛びの選手のように海老反りし、後ろから声をかけた人物に剣を突き出していた。

「ぐっ！」

なんとか剣を止める。

「吃驚《びっくり》した」

「驚いたのはこっちだ」

マヤだった。

赤風はそもそも心のリミッターを外す剣だし、コントロールを捨てる剣だ。

間合いに入ったものを即時に斬りかねない。

「ご、ごめん。あんまり剣技が美しかったから見入っちゃって」

「いやいいんだ」

それにしても気が付かないとは。

「マヤはやっぱり獣人なんだな」

今度の獣人には蔑視の意味合いはない。むしろ尊敬だ。

気持ちが伝わったようでマヤは笑った。

「ふふふ」

「正直、俺が気付くことなくここまで間合いに入られるとはな」

獣人は有り体にいって強いのだ。

人の神は十八歳になると人にスキルを与えるように獣人の神もやはり獣人に与えるものがある。

それは格闘のスキルだ。獣人はすべからく強力な戦闘スキルである【格闘】の適性が非常に高いのだ。

スキルには多様性はないし、集団戦では【格闘】は不利な面もあるが、一対一の戦闘では平均としては人間よりもはるかに強い。

それが獣人だった。

「剣戦闘のレベルが【極】っていうのはまんざら嘘でもないんだね」

「ああ。でもマヤも【格闘】がそれぐらいあるんじゃないか？」

「そこまではないかな。でもお父さんはね。凄いよ」

山小屋を一人で切り盛りできるわけだ。

「訓練、もう少し見てていい？」

少し迷う。

基本的に技というのは他人には見せないものだ。

手品がバレれば価値を失う。

実戦ではそういう側面がある。

もちろんマヤと戦うことなど無いと思うが、誰かにうっかり話してしまう可能性はある。

それに赤風の剣はお尋ね者の技なのだ。

なにより赤剣老主の技を見せるのは……彼の義理に……。

マヤが急に背伸びをする。そして構えた。

「はっ！」

マヤが急に後ろ回し蹴りをした。

風が巻き起こり、マヤを中心に草が舞う。

間違いなく【格闘】の奥義に類する技だ。

「お父さんに教わったのか？」

「うん！」

マヤは惜しげもなく技を見せた。

どうも考えすぎだったみたいだ。

赤剣老主に笑われるだろう。そんなこと気にもしなさそうだ。

「うおおおおおおお！」

マヤが巻き上げた草を斬りまくる。

雲散霧消とまではいかないが塵ほどにはなったかもしれない。

「あはっ！」

マヤがまた笑って後ろ回し蹴りを連続で放ち、草が宙に舞った。

俺はそれを斬り続ける。

そんなことを何時間も続けた。

少し前までは三十分ほどこの訓練をすれば、動けないほど疲労したのに。

だが、さすがに限界が来た。

二人で草原に大の字に倒れこむ。

「はぁっはぁっ！」

「ふぅっふぅっ！」

月が綺麗だった。

「獣人は月が出てると強くなるんだ。それなのにジンはもっと強いね」

「そうなのか？　そんなこと聞いたことないぞ？」

「獣人は秘密を話さないからね。話すのは信頼できる相手だけ」

「……」

大の字になりながらマヤといろんな話をした。

「へ〜スネイルが酒場の子にね」

「笑っちゃうだろ？」

「なんで？　笑わないよ。私だってハクロスミレ贈られたら嬉しいよ」

そりゃそうかもしれないけどアイツはそんなこと忘れてるんだぞ。

お前にやられて目的がハクロワシ退治に変わっちまったよ。

しかもアイツ初恋なんじゃないだろうか？

お調子者のアイツは誰に惚れたっていうのはいつものことだが、あんな様子は見たことがない。

でもまあスネイルとマヤのためにやってやるか。

寝ながら腰の剣に手をかけた。

「でも私、ハクロワシを殺してしまうのもどうかなって思ってるんだ」

「え？　だって困るだろう？　お客さんも来ないし、お父さんも出稼ぎしないといけないし」

「ハクロワシはこの山の守り神だから。元々個体数が少なかったのに人間に狩られて数が少なくなってしまったしね。今回の大物が最後の成鳥かも」

獣人は獣人の神も信仰しているが、日本のように自然崇拝的な考え方もする。

「……なるほど。人間は勝手だよな」

実力試しで山の神を狩っていたのだ。

「戦って滅びるならそれも運命だと思う。かわいそうだけど弱かったってことだよ。獣人も人間も同じ……」

獣人は人間以上に力の信奉者でもある。マヤが上半身を起こしていった。

「帰ろうか？　まだ剣の修行する？」

「いやもう帰るよ。朝早いしね」

「そう」

それを聞くとマヤはピョンッと立ち上がり、まだ大の字で倒れている俺に手を伸ばし引き上げてくれた。

◇◆◇◆◇

早朝、マヤに見送られて山を登る。

マヤは俺達が美味しいと褒めた山鳥の焼き鳥も食料に持たせてくれた。

「世のため人のためハクロワシを倒すぞ！」

スネイルの目的は花の採取からハクロワシ狩りに完全にすり替わっていた。

「ええ？　さすがに危険じゃないの？」

イアンがスネイルに聞いた。

「危険は承知の上だ。だがモンスターに困ってる人達がいるんだ。それを解決するのも俺達軍人の使命だ」

スネイルが思い描いてるのは人達じゃなくて獣人一人っぽいけど。

ただ考えてみれば、マヤの父親はマヤ以上の【格闘】スキルの手練れなのだ。

間合いの関係で【格闘】スキルは剣以上に空を舞うハクロワシには不利に働きそうだが、獣人仲間と一緒なら狩れないことはないかもしれない。

滅びは運命といってても彼女にとってはやはり山の神なのだ。

ハクロワシを狩ることはスネイルの思惑とは逆の結果になるかもしれない。

登り始めたころはまだ木が茂っていたが、その木もどんどん低い木になっていき、次第には土砂や岩肌が露出し始めた。

厳しい岩山の様相を見せ始める。

かなりの急斜面で既に両手が四つ足動物のように足の機能を果たし始めている。

「そろそろ中腹かな」

スネイルが地図を見ながら教えてくれた。

「この先に大断崖って言われてるところがある。灰色の岩肌が広がっているらしい。そこだ」

ハクロ山の大断崖は聞いたことある。

薬草やマジックアイテムの材料になる茸、そしてハクロスミレ。

ハクロワシも断崖に突き出た岩の上に巣を作っていると聞いている。

「アレが大断崖じゃないか？」

スネイルが指をさす。

「だな」

間違いなさそうだ。

右手に少しだけ平らな土地があって木々が張り付くように生い茂っている。その上に灰色の岩肌が広がっていた。

「木が茂っているところから登ろう」

スネイルの提案にイアンと頷く。

到着すると木が少ない平地を奪い合うように密集していた。

肝心の大断崖はもう斜面というよりも垂直の絶壁に近いように思える。

「ここはまだ葉で茂ってるからハクロワシに見つかってないけど、登って行ったら狙い撃ちかもな」

俺が懸念を言うとイアンが上を指さした。

「あそこ。ハクロスミレじゃない？」

「本当か！　アレか！」

確かに岩肌に突き出した大岩の横に紫色の花が生えていた。

「うん。スミレを採ってすぐに帰ろう。ハクロワシに見つかる前にね」

イアンの考えに賛同する。ところが……。

「ハクロワシ、ハクロワシは何処だ！」

スネイルはハクロワシを探していた。

パウラに送るはずのスミレにはもう興味がないらしい。

山小屋で売ってもらった食料で軽く腹ごしらえしてから断崖を登り始める。

もうほとんどロッククライミングだ。

これは弓スキルを持っていないと相当な手練れでもハクロワシに敗れてしまうのもわかる。

マヤに言わせればそれも運命らしいが、そうなりたくはない。

木漏れ日の下でお弁当を食べていた時は気にならなかったが、日差しと岩肌の照り返しもつらい。

戦闘スキルが極まで達している俺とイアンは耐えられたが、スネイルは体力的にもきつそうだ。

「大丈夫かスネイル」

「はぁはぁっ。大丈夫だ。ハクロワシを倒すまでは……」

俺とイアンはスミレを採って帰るつもりだ。

しかし、本当にハクロワシは何処にいるんだろう?

断崖に突き出たいくつもの大岩の上に巣を作っているなら確かに下からは見えないが、昼間は狩りのために飛び立ちそうなものだ。

もし飛び立たれたらどこにいるかわかるだろうが、向こうからもこちらが丸見えだ。

しかもこちらは無防備に近い。

やはりイアンの言うように急ぐしかない。

スミレの隣にある大岩は下から見るとピンポン玉のような大きさにも見えたが、実際には大型バス何台分もありそうだった。

スミレもかなり群生していたから下からはっきり見えたようだ。

うう。嫌な予感がする。

人を襲うハクロワシは近年見ない大きさらしいから、あの上で休んでいるんじゃないだろうか？

イアンも同じことを感じているのか顔が曇っていたが、ここまで来たら引き返すとも言いにくい。

黙々と登っていく。

大岩の直下まで来た。

運の悪いことに岩の上までいかなければ、スミレには手が届かなかった。

スネイルだけが喜んでいる。小声で言った。

「きっとこの上にワシがいるぜ」

「かもな。俺がまず飛び上がって岩の上に乗るから後から来てくれ」

足場にしている小さな岩を蹴って、比較にならない大きさの岩の上に乗る。ビンゴだった。

大岩の上は岩肌に見えていた花で一面覆われていた。そして……。

「ハクロワシ‼」

家のような大きさの巨鳥がこちらを静かに睨んでいた。

下から上がってくるこちらには気が付いていたのだ。

ではなぜ平らなここに俺達が来るまで飛び立って攻撃してこなかったのか？

圧倒的に有利な地の利を握れるにもかかわらず。

理由はすぐにわかった。

「おーい！」

「ジーン！　大丈夫⁉」

下からスネイルとイアンが上がってくる。

「げっ！」

「うわっ！」

二人がワシを見て腰を抜かしている。

俺は静かに言った。

「これ以上、近づかなければ大丈夫。向こうは手が出せないんだ」

「え？」

「どういうことだよ？」

見ろよ。ワシの足元を指し示す。

「なんだありゃ。大きな卵の殻？」

「ひょっとして……」

羽毛と木の枝に隠れてはいたが、ハクロワシの足元にはヒナが見えた。

まだ鳴きもしないし、目も開いてないようだから卵から孵《かえ》ったばかりなのだろう。

ひょっとしたらほんの数時間前かもしれない。

「人間を襲ったのはこれが原因か」

俺はスネイルの言葉に頷いた。

マヤの言うように戦って敗れるなら運命だ。しかし、子を庇う母を斬るのは戦いではない。

「ああ。卵の時は離れることができてもヒナをかばって戦うことはできなかったんだろう」

「な、なら願ったり叶ったりだな。ジンの剣なら余裕だろ？　早くやっちゃえよ！」

「お前はまた！」

「人を襲うんだろ？」

「ヒナを守る母親を斬れるか！」

「だからチャンスなんじゃないか」

イアンが満面の笑みでスネイルの肩に手を置いた。

「さあ花を摘んで帰ろう」

「わかった。わかったよ」

「あーあ。せっかくだから景色がいいこの場所で飯でも食って帰ろうぜ。ワシも襲ってこないみたいだしよ」

花は摘まないのか。完全にパウラはどうでもよくなっているらしい。

◇◆◇◆◇

ギエエエエエエエエッッッ！

「ひぃぃぃっ」

スネイルが悲鳴を上げる。

マヤのサービスなのか山鳥を焼いたものが大量にあったのでハクロワシにも投げてやった。

感謝（？）の咆哮をされた。

巨鳥なので感謝の声もでかい。

ヒナにも分け与えたようだ。

「それにしても絶景だねえ」

本当にイアンの言う通りだった。

空の青、眼下の森の緑、ハクロスミレの紫は絨毯のようだった。

「しかしこの花なんでこんなところに生えるのかね？」

スネイルの疑問にイアンが答えた。

「きっとハクロワシの糞が肥料になってるんだよ」

「ぶはっ。糞⁉」

イアンが水筒の水を吐き出す。

「うん」

なるほど。鳥の糞は良い肥料になる。

ハクロワシがいなくなったらハクロスミレも少なくなってしまうかもしれない。

この大岩の上の天国のような光景もなくなるだろう。

「山の守り神か……」

マヤの話がなんとなくわかった。

「うん？」

「なんか言ったジン？」

「いや、なんでもない。さてとそろそろハクロスミレを採って帰ろうか。結構しっかりとした花なんだな」

二人が同意して立ち上がった時だった。

「なんだ?」

山のふもとから黒い炎のような殺気が真っすぐこちらのほうに向かってくる。

「なんだよ。これ」

戦闘レベルの低いスネイルですらわかるらしい。

レベルの高いものは通常は殺気を隠すものだ。

俺もハクロワシもここまで近づくまでわからなかったように。

だが迫りくる存在はまるで殺気を見よがしに見せつけているかのようだ。

こんな奴は一人しかいない。この殺気にも覚えがある。

「間違いない。赤剣老主だ」

「赤剣老主?」

「赤風教の?」

赤剣老主の悪名はスネイルとイアンもよく知っている。

「どうして赤剣老主が?」

俺は「多分……」と言ってハクロワシを見た。

イアンが聞く。

「ハクロワシを狩りに来たの？」

「ああ。老主は戦闘狂だからな。近年見ないほどの大きさのハクロワシが人を襲うという噂を聞いたのかも」

優しいイアンは必死に抗議した。

「それは卵やヒナがいるから。成長すればもう襲わないよ」

「そんなこと老主は知らないよ。知ったところでそんな理屈が通じるわけがない」

そう話している間にも、はるか眼下の森に真っすぐに線ができていく。

どうやら老主は眼前にある木を斬り倒しながら一直線に向かってきているようだ。

「獣道も山道もルートもないのかよ……早く逃げようぜ！」

「ジン。知り合いなんだろう？　なんとかなんないのか？」

スネイルとイアンが叫ぶ。

ハクロワシを見る。

最後の一匹かもしれない巨鳥は教主に殺気を向けられている存在が己《おのれ》とわかっていたようだ。

目を閉じて覚悟を決めたようだ。まるで滅びる運命を受け入れるように。

「運命か……きっとセーブ＆ロードはそれを変えるスキルなんだよな！」

イアンには決意が伝わったんだろう。顔が明るくなる。

「ジン！」

「イアン。スネイルを連れて逃げてくれ。老主の進行方向からそれるようにな」

「ああ、わかってる。ありがとう」

スネイルが焦る。

「おい、待て。あんな化け物と戦うのか？」

「説得してみるけど老主だからな。全く戦わないのは不可能だろう」

「ば、馬鹿！　死んじまうぞ、ジン！」

「俺のスキル知ってるだろ。アホ……そのセーなんとかでなんとかなるレベルか⁉」

それを言うか言い終わらないかのうちにイアンがスネイルを担ぎ上げて大断崖を回りこむように降りて行った。

さてと……。

剣を抜いて構える。

ハクロワシが驚いたようにこちらを見る。

「感謝しなくていいぜ。こっちは好きでやってるんだから。それに最後はなんとかするけど数万回は斬られると思ってくれ」

【ハクロ山、大断崖。セーブしました】

◇◆◇◆◇

老主は絶壁の場所も関係無いらしい。

大断崖をそのまま垂直に駆け上がってくる。

そして下から大岩を斬り抜いて巨鳥の首を……今だ！

──ガキャンッ！

何千というロードによるループで老主の動きを学び、予想し、ついに俺の剣は巨鳥を首を斬り落とさんとする凶剣を防いだ。

幸いなことに今回のロードではヒナにも被害は出ていないようだ。

「ほうジンか。腕を上げたな。驚いたぞ」

「お久しぶりです。教わったことを毎日研鑽《けんさん》しています」

「ふむ。結構結構。だがワシは殺しの邪魔をされるのがなによりも嫌いなんじゃ」

一撃を受け止めただけで腕はしびれているし、剣は折れそうなヒビが入ってしまっている。

「老主の敵になるようなものでは。ただ滅びかけた鳥ですよ」

「敵？」

「大きなハクロワシが人を襲うという噂を聞いてやってきたのでは？」

「いかにも。焼き鳥にして食ったら美味いのではないかと思ってな」

「えええ？　戦うためではないのですか？」

「鳥など相手になるか！—

「この親鳥が死んだら滅んでしまうかも」

「だからなんだ！　どけ！　今日は鳥を焼いて食いたい気分なんじゃ！」

そ、そうだ。

「ハクロワシが美味だなんて聞いたことないですよ。ありますか？」

「食ってみなければわからん！」

「ここに美味い山鳥の焼き鳥がありますから」

「なんだと」

竹の皮で作られた包みを開けて焼き鳥を見せる。

「よこせ！」

「は、はい」

赤剣老主はバクバクと食らい始めた。

時折、自分で持ってきた水筒で流し込む。

あんなに持たせてくれた焼き鳥が全部無くなったから老主は腹を叩いて言った。

「うむ。美味かったぞ。満腹じゃ」

た、助かった。足りなかったらハクロワシを食うと言うに決まっている。

殺気も既に無くなっていた。

「よかったです」

「しかしキサマ。ワシの邪魔をするとはな。他の赤風教徒だったら即刻首を叩き斬っておったぞ」

赤風教徒になったつもりはない。

「す、すいません」

「まあ美味い肉と剣の研鑽に免じて許してやろう。この鳥の命共々な」

やった。小さいけど運命を変えてやったぞ。

「ありがとうございます」

「ふん」

――えっ？

老主は最後に俺のどてっぱらに蹴りをかました。足が宙を踏みしめられない。

手が何かを掴むがちぎれて、真っ逆さまに落ちてしまった。

「うわあああああああっ!!」

「下は森じゃ。生き延びてみろ」

◇◆◇◆◇

木々の枝葉が落下の衝撃を和らげたようだ。

最後は右手で剣を木に刺し貫いて捕まった。

老主の一撃を防いだ剣は俺の体重を吸収してから折れた。

命は助かったが、さすがに何か所も骨折してしまったようだ。全身が痛かった。

ポーションもない。

ロードするという手もあるが、老主の斬撃からハクロワシの母親を守るためには何度すればいいのかわからない。

我慢するしかなかった。

「痛てててて。とりあえず山小屋に戻るか」

戦利品もあったしな。

足を引きずって山小屋に辿り着く。

「ジンッ！」

玄関に倒れこむとすぐにマヤが気が付いてくれた。

抱きかかえてくれる。

「悪い。ハクロワシは倒せなかった」

「ううん。スネイルとイアンから聞いたよ。赤剣老主から守ってくれようとしたんでしょ？」

申し訳なさそうな、心配そうな顔をされてしまう。

「そんなもんじゃないよ。ところでスネイルとイアンは？」

「きっとボロボロになって帰ってくるから、街まで回復魔法を使える人を連れてくるって。でもとりあえずポーションもあるから持ってくるね」

「待ってくれ。アイツらがいないなら今のうちに」

大断崖を落ちる時に掴んだものをマヤに渡す。

木々の枝葉に激突した時も、剣を木に刺した時も、左手に握りしめていた。

「これ……ハクロスミレ……」

「ハクロスミレって丈夫なんだな。あれだけの衝撃で散ってない」

「私に？」

「ああ、これ一本しかないからスネイルがパウラに渡す分はない」

ずっと申し訳なさそうな顔をしていたマヤが笑う。

でも少し涙目で顔が紅潮している。

「ジン……本当にありがとうね」

マヤが自分のおでこを俺のおでこに当ててお礼を言う。

プレゼントに花が有効というのは本当のようだ。

あとがき

この度は『ゼロ能力者の英雄伝説　～最強スキルはセーブ&ロード～』をお買い上げいただきまして誠にありがとうございました。

せっかくなので私が思う本作の魅力を少し。現実の世界の挑戦は失敗した時のダメージを考えると、大きな挑戦はなかなかできないのが現実ですよね。

トライ&エラーといいますが、一度エラーしたらもうトライできなくなってしまうということも多々あります。

そこでセーブ&ロードです。セーブ&ロードがあれば、赤剣老主のような強大な敵にも果敢に挑戦できるのです。

これほど冒険心を満たせる能力もないですよね！

この能力を持った主人公のジンに大きな挑戦をさせていくというのが醍醐味だと思っています。

最後に素晴らしいイラストを描いてくださったこちも様、編集やデザイン、製本、流通、販売などの仕事で本作に関わってくださった方々、そしてなにより今読んでくださっている皆様に、この場を借りて厚く御礼もうしあげます。

ジンの過去が、今紐解かれる——
ゼロ能力者の英雄伝説 2
最強スキルはセーブ&ロード
東国不動　イラスト◆こちも
2018年発売予定！

ゼロ能力者の英雄伝説～最強スキルはセーブ＆ロード～

2017年11月1日　第1刷発行

著　者　　東国不動

発行者　　本田武市

発行所　　TOブックス
〒150-0045
東京都渋谷区神泉町18-8　松濤ハイツ2F
TEL 03-6452-5766（編集）
0120-933-772（営業フリーダイヤル）
FAX 03-6452-5680
ホームページ　http://www.tobooks.jp
メール　info@tobooks.jp

印刷・製本　中央精版印刷株式会社

ISBN978-4-86472-621-4